Klarant Verlag

W0385388

Thorsten Siemens lebt mit seiner Frau und beiden Kindern in Sande / Landkreis Friesland. Als gebürtiger Ostfriese (Emden) schreibt der Autor mit Vorliebe spannende Krimis, die sowohl in seiner alten als auch in seiner neuen Heimat spielen. Seine Begeisterung für die Bewohner der ostfriesischen Halbinsel und deren einzigartige Kulissen finden sich in seinen Friesland-Thrillern und Ostfrieslandkrimis wieder. Genau richtig für die Leser, die den ostfriesischen Charme und Lokalkolorit lieben!

Thorsten Siemens

Tod in Greetsiel

Ostfrieslandkrimi

Klarant Verlag

Copyright © 2020 Klarant GmbH, 28355 Bremen
Klarant Verlag, www.klarant.de – www.ostfrieslandkrimi.de
ISBN: 978-3-96586-256-2
1. Auflage 2020
Umschlagabbildung: Klarant Verlag
Alle Rechte vorbehalten. Das Werk darf – auch auszugsweise – nur mit Genehmigung des Verlages wiedergegeben werden.
Alle den Roman betreffenden Figuren sind rein fiktiv und frei erfunden. Ähnlichkeiten mit lebenden oder toten Personen wären nur zufällig und nicht beabsichtigt.
Printed in the EU.

1. Kapitel

Suizid?

Es war wirklich großes Glück, dass Hedda und Enno zu dieser Jahreszeit noch eine freie Ferienwohnung in Greetsiel gefunden hatten. Der Sielort, der zur Gemeinde Krummhörn gehörte, war nämlich ein äußerst beliebtes Reiseziel bei Touristen aus dem ganzen Bundesgebiet. Zwar würden sie die Unterkunft bereits in einer Woche wieder räumen müssen, aber mehr Zeit hatte ihnen Jörg, der Leiter ihrer Geheimeinheit, für die Ermittlungen ohnehin nicht zugestanden.

»Glaubst du, es war Mord oder Selbstmord?«, fragte Hedda ihren Verlobten. Seit Ennos Heiratsantrag in Leer waren schon einige Wochen vergangen, dennoch schwebte sie noch immer auf Wolke sieben.

»Selbstmord war es auf keinen Fall«, antwortete der ehemalige Polizist, ohne dabei seinen Blick von der vor ihm liegenden Straße abzuwenden. Er setzte den Blinker und bog rechts ab.

Verwundert über die bestimmte Antwort, die keinen Zweifel erkennen ließ, schaute Hedda ihren Freund nachdenklich an. »Wieso bist du dir da so sicher?«

»Nun ja.« Ennos Mundwinkel zuckten verräterisch nach oben. »Einen Mord begeht man entweder aus Mordlust, Habgier, zur Befriedigung des Geschlechtstriebs oder aus sonstigen niedrigen Beweggründen. Ich glaube nicht, dass Eddy Heinrich sich aus einem dieser Motive selbst getötet hat. Und gegenüber sich selbst heimtückisch zu sein, halte ich auch für äußerst schwierig.«

»Ich finde, ein Föhn in der Badewanne ist aber durchaus als gemeingefährliches Mittel einzustufen«, grinste jetzt auch Hedda. Sie wusste genau, worauf ihr Freund hinauswollte. Er hatte ihr erst letztens von einem Podcast erzählt, den er gehört hatte und bei dem es unter anderem darum ging, dass man statt dem Begriff ›Selbstmord‹ doch besser das Wort ›Suizid‹ verwenden sollte. Denn ein Mord war es juristisch genommen nur dann, wenn eines der Mordmerkmale gemäß Paragraph 211 Strafgesetzbuch vorlag.

»Du hast mir ja mal richtig zugehört.« Enno neigte den Kopf zur Seite und zwinkerte seiner Beifahrerin frech zu. Er spielte damit auf die häufige Kritik seiner Freundin an, er wäre nicht immer ganz bei der Sache, wenn sie ihm etwas erzählte. Dabei war es seiner Meinung nach genauso oft auch umgekehrt.

»Ich höre dir immer zu.« Die junge Ermittlerin lächelte ihren Freund an. Dann ergänzte sie: »Fast immer.« Sie machte eine kurze Pause, in der sich jetzt auch auf ihrem Gesicht ein feistes Grinsen breitmachte. »Auf jeden Fall öfter als du mir.«

»Ach ja? Dann kannst du mir doch mit Sicherheit auch noch die übrigen Merkmale nennen, die einen Mord kennzeichnen können?«

Triumphierend hob Hedda die Augenbrauen an. »Du meinst, die Grausamkeit der Tat sowie die Ermöglichungsabsicht oder auch die Absicht, eine andere Tat durch den Mord zu verdecken?«, fragte sie, obwohl sie genau wusste, dass sie die richtige Antwort gegeben hatte.

»Der Punkt geht an dich.« Anerkennend nickte Enno ihr zu. »Schau mal, unser altes Hotel!« Er wies plötzlich auf das große Gebäude am Straßenrand, in dem die beiden untergekommen waren, als sie in einem Mordfall in Emden ermittelt hatten. Das Viersternehotel ›Novum‹ lag in Hinte, direkt an der Stadtgrenze der Seehafenstadt. Da Hedda und er vorher noch kurz ihre Familien in Neermoor besucht hatten, waren sie auf ihrer Fahrt zum Zielort erneut hier vorbeigekommen. Beim Gedanken an die damalige Ermittlungsarbeit plagte den Streetworker wieder einmal das schlechte Gewissen. Wie so oft hatte er nur wenige Wochen gehabt, um mit seinen Jugendlichen zu arbeiten, ehe er abermals unter einem Vorwand Wilhelmshaven verlassen musste, um seiner Tätigkeit als Mordermittler einer Geheimeinheit nachzugehen, die im ländlichen Ostfriesland erprobt wurde.

Hedda ahnte sofort, was ihn bedrückte. »Es ist doch maximal eine Woche«, versuchte sie ihn zu trösten. »Wenn wir bis dahin nichts herausgefunden haben, sollen wir die Ermittlungen ohnehin abbrechen. Dann kannst du doch schon wieder zurück zu deinen Jungs.« Behutsam legte sie ihre linke Hand auf seinen Oberschenkel. Sie liebte seine fürsorgliche Art, die sich eben nicht nur auf sie bezog, sondern auf alle, für die er sich verantwortlich fühlte. Aber da ihm dieser Wesenszug immer wieder ein schlechtes Gewissen bescherte, wünschte sie manchmal auch, er wäre ein kleines bisschen egoistischer.

»Du hast ja recht«, seufzte Enno. »Ich werde mich ab sofort voll auf unseren Fall konzentrieren.«

Eddy Heinrich war vor einiger Zeit tot in seiner Badewanne aufgefunden worden. Kurz vor seinem Ableben hatte der lebenslange Junggeselle eine Krebsdiagnose bekommen, Heilungschance gleich null. Dass er einen Föhn ins Wasser fallen ließ, um so sein unausweichliches Schicksal vorzuziehen, klang daher durchaus nicht unglaubwürdig. Zumal er aus seiner Erkrankung kein Geheimnis gemacht und immer wieder die Option des Suizides lautstark gegenüber Freunden und Bekannten ins Spiel gebracht hatte. In Greetsiel gingen daher fast alle davon aus, dass er aus freien Stücken aus dem Leben geschieden war.

Doch irgendwer zweifelte dann doch an seinem Freitod. Die regionale Presse erhielt einen anonymen Brief, in dem stattdessen der Verdacht des Mordes in den Raum geworfen wurde. Der Verfasser bat um die Mithilfe der Medien, da die örtliche Polizei keine Anstalten machte, um in dieser Sache überhaupt tätig zu werden. Für die Ermittlungsbehörden war der Fall eindeutig und damit nur noch eine unbedeutende Nummer im Rahmen der Sterbefallstatistik.

Aber auch die Presse witterte keine lohnenswerte Story und leitete den anonymen Brief lediglich an die Polizei weiter. Diese nahm das Schriftstück zwar zu den Akten, klappte den schmalen Ordner aber auch gleich danach wieder zu und sortierte ihn zurück in die Ablage. Trotzdem wurde Jörg, in seiner Funktion als Leiter der Geheimeinheit, eine Kopie des anonymen Briefes zugespielt. Nachdem er sich daraufhin auch noch eine Ablichtung der Akte hatte schicken lassen, entschied er, dass sich seine beiden jüngsten Ermittler die Sache zumindest einmal ansehen sollten. Denn eines wusste er ganz genau: Die Zukunft seiner Einheit hing wesentlich von den Erfolgen in der Testregion Ostfriesland ab. Und je mehr Mordfälle sein Team aufklären würde, umso besser standen die Chancen, dass neue Teams auch in anderen Regionen Deutschlands ermitteln durften.

Vom Hotel ›Novum‹ in Hinte waren es noch etwa vierzehn Kilometer Fahrtstrecke nach Greetsiel. Als die beiden Ermittler mit Ennos Polo auf den Ortseingang zufuhren, erkannten sie sofort die wohl berühmtesten Mühlen Ostfrieslands – die Zwillingsmühlen von Greetsiel. Direkt am Kanal und in unmittelbarer Nachbarschaft gelegen, konnte man die beiden Galerieholländer auf den ersten Blick nur an ihren verschiedenen Außenanstrichen unterscheiden. Auch waren die beiden Bauwerke keinesfalls Zwillinge, wie es der Name vermuten lassen könnte. Die rote Mühle wurde 1921, die grüne bereits 1856 erbaut. Die Vorgänger beider Mühlen waren zuvor entweder durch Stürme oder Brände zerstört worden.

Bei diesem malerischen Anblick erinnerte sich Hedda an ihren ersten und bisher einzigen Urlaub, den sie mit Enno in Norddeich gemacht hatte. Dabei waren die Tage dort alles andere als erholsam gewesen. Zuerst hatten sie privat in einem Mordfall ermittelt, über den sie zufällig gestolpert waren, und am Ende des Urlaubs sahen sie sich plötzlich mit der Frage konfrontiert, ob sie zukünftig für eine Geheimeinheit tätig sein wollten. »Wir müssen endlich mal wieder Urlaub machen!«, sagte sie daher entschlossen.

»Urlaub? Du meinst, so ganz ohne Leichen?« Die Vorstellung gefiel Enno wirklich sehr.

»Ganz genau, nur wir zwei, sonst niemand. Egal ob tot oder lebendig.«

»Das sollten wir unbedingt machen!« Enno parkte seinen Wagen auf der Stellfläche, die direkt vor ihrer Ferienwohnung lag, stellte den Motor ab, beugte sich zu seiner Verlobten hinüber und küsste sie. »Wenn wir unsere Arbeit hier abgeschlossen haben, buchen wir uns ein paar schöne Tage auf einer einsamen Insel.«

2. Kapitel

Ortsbegehung

Nach einer romantischen Nacht in ihrer Ferienwohnung saßen Hedda und Enno beim gemeinsamen Frühstück und planten den Tag.

»Wollen wir heute Vormittag einen kleinen Bummel durch den Ort machen?«, schlug die junge Ermittlerin vor.

»Du meinst, damit wir die örtlichen Gegebenheiten besser kennenlernen, bevor wir in die Ermittlungen einsteigen?«, schmatzte der ehemalige Polizist mit vollem Mund. Das Schokocroissant war so lecker, dass er einen viel zu großen Bissen davon genommen hatte.

»Das auch.« Hedda grinste verlegen. »Und gleichzeitig könnte ich noch ein paar Eindrücke für meinen neuen Roman sammeln«, gab sie kleinlaut zu. Ihr zweites Buch spielte unter anderem auch in Greetsiel. Der Krimi war quasi fertig, aber Hedda wollte unbedingt vorher sicherstellen, dass die Orte in der Realität genauso aussahen, wie sie diese in der Geschichte beschrieben hatte.

»Das nenne ich mal ›Zwei Fliegen mit einer Klappe‹ schlagen«, lachte Enno. Dann trübte sich seine Stimmung schlagartig ein. »Du bekommst deine beiden Jobs viel besser unter einen Hut als ich«, seufzte er bei dem Gedanken an seine Tarntätigkeit als Streetworker.

Mitfühlend legte Hedda ihm die Hand auf den Unterarm. »Du fehlst deinen Streetworker-Kollegen vielleicht vier bis sechs Wochen pro Jahr, um deiner geheimen Ermittlungstätigkeit nachgehen zu können«, sagte sie verständnisvoll. »Aber du darfst nicht vergessen, dass es deine Stelle gar nicht geben würde, wenn du nicht Teil der Geheimeinheit wärst. Das bedeutet, jeden Tag, an dem du für deine Jungs da bist, ist ein zusätzlicher Tag.«

»Du hast ja recht.« Wieder entfuhr Enno ein tiefer Seufzer. Er ärgerte sich, dass er dieses Thema erneut zur Sprache gebracht hatte. Schließlich hatte er Hedda doch bereits auf der Hinfahrt versprochen, sich ab sofort voll auf den Fall zu konzentrieren. Es fiel ihm aber nicht immer leicht, nüchterne Gedanken mit seinen Gefühlen gleichzuschalten. »Die Ermittlungen sind ja auch nicht weniger wichtig«, sprach er weiter. »Ganz im Gegenteil sogar. Aber ich bin halt ein Perfektionist und sehe immer nur das, was ich als Streetworker in meiner Fehlzeit noch alles hätte bewirken können.«

»Und dafür liebe ich dich!« Hedda erhob sich von ihrem Stuhl, beugte sich über den Tisch und gab ihm einen Kuss.

***

Bereits eine halbe Stunde später erkundeten die beiden den ostfriesischen Touristenort, der bereits als Kulisse für viele berühmte Filmproduktionen gedient hatte. Eigentlich hatte Greetsiel gerade einmal 1500 Einwohner, aber die Straßen rund um den Hafen waren in diesem Augenblick so überfüllt, dass man glauben konnte, man wäre in der Innenstadt einer Millionenmetropole und nicht in einem beschaulichen Sielort an der Nordseeküste.

Sie setzten sich auf eine Steinmauer, die entlang des Hafenbeckens verlief. Von hier aus hatte man einerseits einen tollen Blick auf die größte Krabbenkutterflotte Ostfrieslands, andererseits aber auch auf die malerischen kleinen Häuser mit den glockenähnlichen Giebeln, die nach niederländischem Vorbild bereits im achtzehnten Jahrhundert erbaut worden waren.

»Man kommt sich vor wie in einer anderen Zeit«, schwärmte Hedda, während sie ihren Blick zwischen den alten Häusern und den traditionellen Kuttern umherschweifen ließ.

»Ja«, lachte Enno zustimmend. »Wenn da nur die ganzen Touristen mit ihren Smartphones nicht wären.«

Wenig später standen die beiden vor dem unter Denkmalschutz stehenden Schöpfwerk, welches das überschüssige Wasser aus dem tiefliegenden Binnenland in die Nordsee abpumpte. Das Backsteingebäude sowie die umliegenden Wasserflächen schaute sich Hedda besonders gut an. Immerhin wurde in ihrem neuen Roman genau hier eine Leiche gefunden.

Auf dem Rückweg zu ihrer Ferienwohnung machten sie noch einen kurzen Zwischenstopp bei der Marienkirche, die zwischen 1380 und 1410 im gotischen Stil erbaut worden war. Wie bei vielen ostfriesischen Kirchen befand sich auch hier der Glockenturm neben dem eigentlichen Gotteshaus. Beim Anblick des

Kirchgebäudes mussten beide an ihre bevorstehende Hochzeit denken. Auch wenn sie erst seit kurzem verlobt waren, wollten sie auf keinen Fall eines dieser Pärchen sein, die sich bereits vor Jahren die Ehe versprochen hatten, aber den endgültigen Schritt vor den Traualtar dann doch erst – wenn überhaupt – nach etlichen weiteren Sonnenumrundungen wagten. Für beide war daher klar, dass ihr ›Ja-Wort‹ irgendwann in den nächsten zwölf bis achtzehn Monaten stattfinden sollte.

»Wollen wir noch ein wenig Verpflegung einkaufen?«, fragte Hedda, als sie gerade am Schwimmbad und dem direkt danebenliegenden Nationalpark-Haus vorbeischlenderten.

Enno antwortete ihr nicht. Denn er hatte gerade etwas ganz anderes entdeckt, was seine volle Aufmerksamkeit in Anspruch nahm. »Schau mal!«, rief er beinahe euphorisch. »Da steht eine Miniatur vom Pilsumer Leuchtturm.« Das elf Meter hohe Original, in seinem unverkennbaren gelb-roten Ringelsockenanstrich, war durch den Film ›Otto – Der Außerfriesische‹ im Jahr 1989 deutschlandweit berühmt geworden. Mit großen Schritten ging der ehemalige Polizist auf die Nachbildung zu, winkelte die Hände wie ein Erdmännchen vor seinem Oberkörper an und umkreiste die Nachbildung mit hopsenden Schritten.

»Imitierst du gerade Otto Waalkes?«, fragte Hedda schmunzelnd, auch wenn ihr die Darbietung ihres Freundes gleichzeitig ein wenig peinlich war.

Der ehemalige Polizist antwortete mit einem übermütigen, langgezogenen „Jaaaahaa“ auf die Frage, so wie es der bekannte Komiker, der gleichzeitig auch einer der berühmtesten Ostfriesen war, in seinen Filmen und Shows regelmäßig tat. Auch wenn der Film bereits vor seiner eigenen Geburt erschienen war, liebte er den Blödelstreifen, den er sich als Kind unzählige Male mit seinem Vater Bento und seiner viel zu früh verstorbenen Mutter angesehen hatte.

»Wenn dich die kleine Nachbildung schon so begeistert, dann sollten wir uns das Original unbedingt auch noch ansehen. Pilsum ist ja nicht weit von hier.«

»Das müssen wir unbedingt«, stimmte Enno ihr begeistert zu.

»Trotzdem gehen wir jetzt aber erst einmal einkaufen.« Hedda hakte sich bei ihrem Freund unter und stellte so gleichzeitig sicher, dass er nicht noch weiter in peinlichen Posen durch die Gegend hüpfen konnte.

»Was ist das?« Ennos Stimme klang auf einmal deutlich ernster.

»Was meinst du?«, fragte Hedda und versuchte, seinem Blick zu folgen.

»Na, das Schild da im Schaufenster!«

3. Kapitel

GZKJ

»Komm, das schauen wir uns genauer an!« Zielgerichtet steuerte Hedda auf den kleinen Laden zu, der neben dem riesigen Supermarktgebäude fast schon winzig wirkte.

Als sie die Glastür öffneten, kündigte eine Klingel oberhalb des Türrahmens ihr Eintreten an. Nur wenige Sekunden später kam eine ältere Frau aus dem Nebenraum. Sie war eher unterdurchschnittlich groß, schlank, aber offensichtlich nicht besonders sportlich. Die Falten um ihren Mund und die dunklen Ränder unter ihren Augen ließen vermuten, dass sie starke Raucherin war. Ihre schulterlangen braunen Haare wiesen einen deutlich sichtbaren grauen Ansatz auf.

»Moin, was kann ich für Sie tun?« Ihre ungewöhnlich kehlige Stimme bestätigte den Verdacht der beiden Ermittler. So klang nur eine Frau, die schon sehr viel Nikotin inhaliert hatte.

»Wir… äh.« Unsicher schaute Enno sich in dem Laden um. Erst jetzt wurde ihm richtig bewusst, dass sie in einer Reinigung gelandet waren. An einer riesigen Metallstange hingen Plastiksäcke mit Hemden, Anzügen und Kleidern zur Abholung bereit. Er entschied daher, geradeheraus zu sagen, warum sie das Geschäft betreten hatten. »Wenn wir ehrlich sind, ist uns ihr Schild aufgefallen.« Er zeigte auf das Schaufenster, in dem das beschriftete Stück Pappkarton hing. »Wir sind neugierig. Würden Sie uns verraten, was die Buchstaben bedeuten?«

»Sie sind nicht von hier, oder?«

Die beiden Ermittler schüttelten den Kopf.

»Das dachte ich mir. Ansonsten wüssten Sie nämlich, wofür die Buchstaben auf dem Schild stehen.«

»Und was bedeuten sie?«, fasste Hedda nach.

»G, Z, K, J steht für: Greetsieler Zeittaler kosten Jobs«, antwortete die Frau. Gemäß dem Namensschild an ihrer Bluse hieß sie Ava Redenius.

Das es um den Greetsieler Zeittaler ging, hatten sich die beiden Ermittler schon gedacht. Neben den vier Buchstaben war auf dem Schild nämlich auch eine große, durchgestrichene Münze abgebildet, deren Mitte ein großes ›G‹ mit zwei waagerechten

Strichen zierte. Der Buchstabe hatte dadurch große Ähnlichkeit mit einem Euro-Zeichen. Der verstorbene Eddy Heinrich war einer der Mitbegründer des Greetsieler Zeittalers gewesen.

»Greetsieler Zeittaler?«, spielte Enno den Unwissenden.

»Das ist eine Art Tauschbörse, bei der die Mitglieder der Gemeinde Dienstleistungen jeglicher Art anbieten können«, erklärte Ava Redenius weiter. »Für die Durchführung werden sie in Greetsieler Zeittalern bezahlt, die sie dann wiederum für andere Arbeitsleistungen bei anderen Teilnehmern der Aktion eintauschen können. Eigentlich eine feine Sache, wenn es nicht die Geschäfte in der Region schädigen würde.«

»Schädigen?«, fragte Hedda. »Wie meinen Sie das?«

Ava Redenius schnaubte verächtlich. »Wissen Sie, wie viele Rentnerinnen im Ort plötzlich die Wäsche von alleinstehenden Männern waschen und bügeln?« Sie wartete nicht wirklich auf eine Antwort, sondern ärgerte sich stattdessen einfach weiter. »Mir sind seither ungefähr zwanzig Prozent meines Umsatzes weggebrochen - Tendenz steigend. Ich bin vierundfünfzig Jahre alt. Vor vier Jahren habe ich diesen Laden übernommen, als der Vorbesitzer in den Ruhestand gegangen ist. Ich wollte noch einmal richtig Gas geben, damit ich später als Rentnerin nicht jeden Euro einzeln umdrehen muss. Und jetzt?« Niedergeschlagen schaute sie auf den Tresen. Es war ihr deutlich anzusehen, dass sie nach den passenden Worten suchte, die ihre Situation verständlich beschreiben konnten. »Auf jeden Fall haben sich einige Greetsieler Selbstständige vorgenommen, die Gemeindemitglieder durch diese Kampagne auf unsere Situation aufmerksam zu machen. Darum auch nur die Buchstaben. Wir wollten mit den Leuten ins Gespräch kommen, um ihnen unsere Beweggründe persönlich erklären zu können.«

»Was ja auch gut funktioniert.« Enno zeigte auf sich und Hedda. »Wir sind ja schließlich nur deshalb in Ihren Laden gekommen.«

Ein trauriges Lächeln huschte über Ava Redenius' Gesicht. »Bei den Greetsielern hat es anfangs auch funktioniert. Trotzdem hat sich kaum etwas geändert. Heute kommt kaum noch ein Einheimischer und fragt nach dem Schild. Alle wissen Bescheid, und jeder scheint sich selbst der Nächste zu sein. Solidarität: Fehlanzeige.« Entmutigt zuckte sie mit den Schultern.

Nach ein paar aufmunternden Worten hatten die jungen Ermittler die Reinigung wieder verlassen und waren in den angrenzenden

Supermarkt gegangen, um sich mit ein paar Getränken, Lebensmitteln und Naschereien für die kommenden Tage einzudecken. In der Küche ihrer Ferienwohnung packten sie alles aus.

»Ich mache uns einen Tee. Such du doch bitte nochmal den Brief raus, den der anonyme Schreiber an die Zeitung geschickt hat.« Hedda suchte in den Schränken nach einem Teeservice und einer passenden Kanne.

Als sie wenige Minuten später gemeinsam am Küchentisch saßen, hatte jeder von ihnen eine dampfende Tasse Tee vor sich stehen. Der Kluntje knisterte noch unter der Hitze des ostfriesischen Nationalgetränkes, als Enno die Kopie des anonymen Briefes auf die Tischplatte legte.

»Lies vor!«, sagte Hedda und schloss die Augen. Sie wollte jedes einzelne Wort noch einmal ganz bewusst in sich aufnehmen.

Enno räusperte sich. »Werte Damen und Herren, ich wende mich heute an Sie, weil die Polizei sich wahrscheinlich mal wieder im Tal der Ahnungslosen befindet. In Greetsiel wurde vor wenigen Tagen ein Mann leblos in seiner Badewanne aufgefunden. Aufgrund seiner todbringenden Krebserkrankung und dem Föhn im Badewasser stuften die Behörden den Fall schnell als Selbstmord ein. Ich aber kannte diesen Mann und bin mir sicher, dass er sich nicht umgebracht hat. Er war einer der Pioniere, die den Greetsieler Zeittaler mitbegründet haben. Der Zeittaler ist eine Aktion, bei der der Mensch im Mittelpunkt steht. Jeder Teilnehmer kann etwas für einen anderen tun und mit den dafür verdienten Münzen wiederum andere Leistungen von anderen Teilnehmern in Anspruch nehmen. Eine rundum soziale Sache, die jedoch einigen Kapitalisten in der Region ein Dorn im Auge zu sein scheint. Ich halte es daher für sehr wahrscheinlich, dass der Mann auch ermordet worden sein könnte. Die Zielstellung des Täters war es wahrscheinlich, das Projekt durch das Ableben seiner Initiatoren zu beenden. Ich bitte Sie daher inständig darum, über die mysteriösen Umstände seines Todes und sein großartiges Vermächtnis zu berichten. Das Böse darf nicht triumphieren. Eddy darf nicht umsonst gestorben sein.«

4. Kapitel

Familie Prause

»Ein merkwürdiger Brief«, kommentierte Hedda das Gehörte.

»Finde ich auch«, stimmte Enno ihr zu. »Ich kann schon verstehen, dass weder die Polizei noch die Zeitung darauf eingegangen sind. Für mich klingt das eher, als habe es irgendein Spinner geschrieben.«

»Oder jemand, der sich kostenfreie Publicity für den Greetsieler Zeittaler erhofft. Vielleicht wollte die Zeitung ja auch deshalb nicht über das Projekt berichten, weil einige ihrer besten Werbekunden zu den Gegnern der Tauschbörse gehören.«

»Wäre möglich.« Nachdenklich massierte sich Enno das Kinn. »Auf jeden Fall bleibe ich dabei, dass der Zeittaler der beste Ansatzpunkt für unsere Ermittlungen ist.«

Bereits vor der Anreise nach Greetsiel hatten sich die beiden Gedanken über ihre Vorgehensweise gemacht. Sie wollten sich als Reporter ausgeben, die über den Greetsieler Zeittaler berichten wollten, und hofften so, bei der Befragung der Leute gleichzeitig herauszubekommen, wer für den anonymen Brief verantwortlich war. Denn wenn es überhaupt einen Mord aufzuklären gab, dann wusste der unbekannte Schreiber vielleicht mehr, als er zugeben mochte.

Karsten, das Computergenie der Geheimeinheit, hatte sich im Vorfeld um die Optimierung von Heddas Reporter-Scheinidentität gekümmert, da sie - alias Jutta Müller - auf Norderney doch viel zu einfach enttarnt werden konnte. Auf ihrer Visitenkarte stand jetzt „Jutta Müller – freie Journalistin." Den Mangel an nachprüfbaren Veröffentlichungen hatte der IT-Fachmann dadurch behoben, dass er eine nordrhein-westfälische Ghostwriterin engagiert hatte, die hin und wieder Texte über ihre Lieblingsorte in Ostfriesland schrieb, die er dann, unter dem Pseudonym Jutta Müller, den örtlichen Print- und Onlinemedien zum Kauf anbot.

Hedda zückte ihr Smartphone und rief die Internetseite des Greetsieler Zeittalers auf. Der Online-Auftritt schien überarbeitet worden zu sein. Im Impressum war nämlich der Name von Eddy Heinrich inzwischen verschwunden. Als Ansprechpartner tauchte dort nur noch ein gewisser Sandro Prause auf. »Ich denke, mit dem hier sollten wir anfangen«, sagte sie und hielt Enno das Display direkt unter die Nase.

»Wie Sie wünschen, Frau Kolumna«, lachte der. Seine Rolle bei den anstehenden Befragungen würde die des Fotografen beziehungsweise Kameramanns sein.

Die Anspielung auf die rasende Reporterin, die Hedda aus ihrer Kinderzeit noch sehr gut kannte, brachte sie zum Schmunzeln. »Wir brauchen noch einen Tarnnamen für dich.« Grinsend schaute sie Enno an und musterte ihn von oben bis unten. »Wie wäre es mit Otto Pichler?«

»Wie kommst du denn auf den Namen?«

Hedda brach in schallendes Gelächter aus. »Darauf hast du mich gebracht, als du mich Karla Kolumna genannt hast«, erklärte sie, nachdem sie sich wieder einigermaßen eingekriegt hatte. »Otto ist der beste Freund von Benjamin Blümchen. Einen Nachnamen hat er, soweit ich mich erinnern kann, in der Serie einfach nicht. Darum habe ich mich für Pichler, den treuergebenen Sekretär des Bürgermeisters entschieden. Der hat in der Serie nämlich keinen Vornamen.«

»Aha«, kommentierte Enno die Namenswahl seiner Freundin und zückte seinerseits sein Handy.

»Was machst du da?«

»Ich überprüfe deine Angaben«, grinste Enno. Mit dem Zeigefinger wischte er mehrfach über sein Display. »Otto scheint tatsächlich keinen Nachnamen zu haben«, murmelte er. »Aber bei Herrn Pichler hat dein Erinnerungsvermögen anscheinend eine Lücke.«

»Zeig mal her!« Hedda riss ihm das Smartphone aus der Hand und schaute auf den angezeigten Text. »Paul Pichler«, las sie vor. »Du hast recht.«

»Kannst du das nochmal sagen?«, feixte Enno. »Ich höre das so gerne.«

Hedda regierte nicht auf die kleine Provokation ihres Freundes, sondern las stattdessen die Charakterbeschreibung vor, die hinter dem Namen des Sekretärs notiert worden war. »Er tut alles, was der Bürgermeister ihm sagt. Er hält immer zu seinem Chef, auch wenn dieser ihn meistens schikaniert und herumscheucht.« Grinsend schaute sie zu Enno auf. »Also ich finde, der Name passt super zu dir.«

***

Sandro Prause wohnte in einem kleinen, in die Jahre gekommenen Reihenhaus am Ortsrand. Als Enno seinen Wagen neben dem Bürgersteig parkte, fiel ihm sofort der alte, aber offenbar sehr gut gepflegte Porsche auf, der auf der Auffahrt stand und dessen schwarze Lackierung im Sonnenlicht glänzte. Unter der Karosserie hatte sich eine schaumige Pfütze gebildet, die der Beweis für eine nicht legale Handwäsche des Fahrzeuges war. Er kannte sich nicht wirklich mit Autos aus, aber dieses Exemplar gefiel ihm so gut, dass er spontan sein Handy zur Hand nahm und ein paar Fotos von dem Sportwagen machte.

»Bist du so weit?«, fragte Hedda leicht genervt. Aufgrund ihres anstehenden Rollenspiels war sie etwas angespannt und hatte daher nur wenig Verständnis für die Schnappschüsse ihres Freundes.

»Kann losgehen!« Enno steckte sein Handy zurück in die Hosentasche seiner Jeans und folgte seiner Verlobten zur Haustür.

Nachdem sie den Klingelknopf betätigt hatte, machte Hedda mit klopfendem Herzen zwei Schritte rückwärts. Nur wenige Sekunden später öffnete ihnen eine Frau die Tür, deren Alter die beiden nur schwer einschätzen konnten. Sie sah aus wie eine dieser Schauspielerinnen, von denen man wusste, dass sie bereits deutlich älter waren, als es ihr Aussehen vermuten ließ. Ihre schulterlangen, leicht gewellten dunklen Haare wirkten frisch gestylt. Die enganliegende schwarze Hose und die rote Seidenbluse betonten ihren schlanken, aber dennoch sehr weiblichen Körper. Ein dezentes Make-up unterstrich die natürliche Schönheit ihres Gesichts.

»Moin!«, begrüßte Hedda die Dame des Hauses. »Ich bin Jutta Müller und das …«, sie nickte mit dem Kopf in Ennos Richtung, »… ist mein Kollege Otto Pichler.« Beinahe hätte sie ihn Paul

Pichler genannt. Da Enno aber fand, der Name klänge viel zu sehr nach einer Überraschungsei-Figur, hatten sie sich doch auf ihren ersten Namensvorschlag verständigt. »Wir möchten zu Herrn Sandro Prause. Ist er da?«

Argwöhnisch musterte die attraktive Frau die beiden jungen Gestalten vor ihrer Tür. »Was wollen Sie denn von meinem Mann?«

»Ich bin freie Journalistin und will einen Bericht über den Greetsieler Zeittaler schreiben. Wir haben Ihre Adresse aus dem Impressum der Homepage. Bitte entschuldigen Sie den Überfall, aber es war leider keine Telefonnummer angegeben. Ansonsten hätten wir uns natürlich vorher angekündigt.«

Die Augen von Sandro Prauses Frau wanderten langsam zu Enno hinüber.

»Und ich bin dabei, um alles bildlich in Szene zu setzen«, ergänzte der schnell und präsentierte wie zum Beweis seine schwarze Umhängetasche, in der sich neben einer alten Digitalkamera auch noch ein handlicher Camcorder befand. Beide Geräte stammten aus einer Zeit, in der die Handykameras noch nichts besonders leistungsfähig waren. Seit Enno sich vor zwei Jahren ein neues Smartphone gekauft hatte, waren sie nicht mehr zum Einsatz gekommen. Trotzdem ließen sie ihn jetzt zumindest ansatzweise nach einem echten Zeitungsfotografen aussehen.

»Warten Sie einen Moment, ich werde kurz nachsehen, wo mein Mann steckt.« Mit einem entschuldigenden Lächeln auf den Lippen schloss die Herrin des Hauses die Eingangstür und verschwand im Inneren des Gebäudes.

Irritiert schauten Hedda und Enno sich fragend an. Das Verhalten der Frau kam ihnen doch ein wenig ungewöhnlich vor. Mit einem stillen Schulterzucken verständigten sie sich jedoch darauf, zunächst einmal einfach nur abzuwarten.

Nach einer gefühlten Ewigkeit vor der geschlossenen Haustür, bemerkte die junge Ermittlerin plötzlich etwas im Obergeschoss des Wohngebäudes. »Hast du das gesehen?«, zischte sie Enno leise zu.

»Meinst du die Gardine, die sich oben am Fenster bewegt hat?«, flüsterte er zurück.

»Ja. Ich glaube, da hat uns gerade jemand heimlich in Augenschein genommen.«

Doch noch im selben Moment hörten sie aus dem Inneren des Hauses eine männliche Stimme rufen. »Ich bin schon auf dem Weg!«

Durch die Milchglasscheibe der Haustür konnten sie erkennen, wie ein Schatten die Treppenstufen aus dem Obergeschoss herunterkam, direkt vor der Tür stehen blieb und diese öffnete.

»Moin! Ich bin Sandro Prause. Meine Frau meinte, Sie wollen zu mir.« An seinem Akzent konnte man sofort erkennen, dass er nicht aus Ostfriesland stammte. Er war etwa einen Meter und fünfundsiebzig groß und von eher schmächtiger Statur. Im Gegensatz zu seiner Frau, war ihm sein Lebensalter durchaus anzusehen. Seine graumelierten Haare waren ihm zum Großteil bereits ausgefallen. An den Seiten und am Hinterkopf war sein Haarwuchs zwar noch recht dicht, aber oberhalb seiner Stirn waren nur noch ein paar vereinzelte Haare auszumachen. Seine Mundpartie zierte ein nicht besonders gepflegter Drei-Tage-Bart.

Nachdem Hedda sich und ihren männlichen Begleiter erneut mit ihren erfundenen Identitäten vorgestellt hatte, reichte sie ihrem Gegenüber unaufgefordert eine ihrer neuen Visitenkarten. »Sie können gerne im Internet recherchieren. Ich habe schon für einige regionale Zeitungen und Internetblogs Artikel geschrieben.«

Sandro Prause schaute zunächst die Visitenkarte und dann die vor ihm stehende junge Reporterin an. »Wie sind sie auf den Greetsieler Zeittaler aufmerksam geworden?«, fragte er mit einer deutlichen hörbaren Prise Argwohn in der Stimme.

»Wir haben da einen Tipp bekommen. Mehr darf ich Ihnen dazu leider nicht sagen«, antwortete die junge Ermittlerin ausweichend und beäugte neugierig die Reaktion ihres Gesprächspartners. Hatte er vielleicht den anonymen Brief an die Zeitung geschrieben?

5. Kapitel

Scherben bringen …

»Kommen Sie doch herein!« Sandro Prauses skeptischer Gesichtsausdruck wich plötzlich einem zufriedenen Lächeln. Er machte einen Schritt zur Seite, hielt die Haustür so weit es möglich war auf und machte eine einladende Handbewegung in Richtung des vermeintlichen Reporterteams.

Hedda und Enno bedankten sich, putzten sich auf der bereitliegenden Fußmatte die Schuhe ab und betraten das Haus. Beim Gang durch den Flur fiel den beiden sofort auf, dass einige Renovierungsarbeiten der Immobilie guttun würden. Die Farbe der Raufasertapete war verblichen. Teilweise waren auch ein paar Schmutzflecken darauf zu finden. Mehrere nebeneinanderliegende Bodenfliesen hatten einen Sprung, der wahrscheinlich durch einen großen schweren Gegenstand verursacht worden war. Von der Decke baumelten ein paar elektrische Kabel, an deren Ende eine Fassung samt Glühbirne hing. Verzierende Deckenleuchten waren hingegen kaum montiert worden. Ansonsten machte das Haus aber einen sauberen und aufgeräumten Eindruck.

»Nehmen Sie doch bitte Platz!« Sandro Prause zeigte auf ein kleines Zweiersofa, dessen Kunstlederoberfläche an einigen Stellen bereits abblätterte. »Gesine!«, rief er zur Wohnzimmertür hinaus. »Machst uns mal eine Kanne Tee!« Ohne eine Antwort abzuwarten, ließ er sich in den weiß bezogenen Sessel fallen.

Das Mobiliar passt nicht wirklich gut zusammen, dachte Enno beim Anblick des Sessels, dessen Modell er aus schwedischen Möbelhäusern und den Erstwohnungen seiner Kumpels nur allzu gut kannte. Dazu noch der Renovierungsrückstand - um die finanzielle Situation der Familie schien es nicht besonders gut bestellt zu sein.

»Also, was wollen Sie wissen?« Sandro Prause beugte sich vor, stützte seine Ellenbogen auf den Knien ab und schaute Hedda lächelnd an.

Die vermeintliche Reporterin kramte nun einen Notizblock und einen Stift aus ihrer Handtasche. »Erzählen Sie uns doch zunächst einmal, wie die Idee zu dieser Tauschbörse entstanden ist.«

Mit einem stolzen Lächeln im Gesicht lehnte sich der Porsche-Liebhaber zurück, schlug die Beine übereinander und begann zu erzählen: »Das war vor etwa vier Jahren. Damals war ich gerade seit ein paar Wochen Rentner und wusste mit meiner neu gewonnenen Freizeit noch nicht so viel anzufangen. Eines Tages hatte mich dann eine Nachbarin gefragt, ob ich für sie nicht den Rasen mähen könnte. Als Gegenleistung hat sie angeboten, für mich zu kochen. Wissen Sie, damals war meine Frau gerade wegen einer Operation für einige Tage im Krankenhaus und daher kam mir diese Offerte sehr entgegen. Als ich dann abends am Küchentisch saß und ihre Kartoffeln mit Grünkohl gegessen habe, kam mir die Idee, dass es so etwas doch viel öfter geben müsste. Ich meine, jeder kann etwas besonders gut, was ein anderer nur sehr eingeschränkt beherrscht.« Er schaute auf einmal direkt Enno an. »Oder können Sie etwa kochen?«

Der ehemalige Polizist schüttelte den Kopf. Er beherrschte zwar ein paar einfache Gerichte, benötigte aber für alles Neue zumindest eine Anleitung.

»Sehen Sie! Dafür können Sie aber super fotografieren.« Er deutete auf Ennos Umhängetasche, die geöffnet neben ihm auf dem Sofa lag. »Sie könnten also zum Beispiel Passbilder für die ältere Nachbarin machen, deren Personalausweis bald verlängert werden muss.« Wieder schaute Sandro Prause den vermeintlichen Fotografen auffordernd an.

»Das könnte ich«, bestätigte Enno seine Mutmaßung.

»Aber was machen Sie, wenn die alte Dame Ihnen nichts als Gegenleistung anbieten kann? Sie hat weder Geld – ansonsten wäre sie ja zu einem richtigen Fotografen gegangen – noch kann sie irgendetwas, was für Sie hilfreich wäre.«

Enno zuckte mit den Schultern. »Wenn es eine nette alte Dame ist, würde ich ihr auch ohne Gegenleistung helfen«, antwortete er schließlich ehrlich.

Sandro Prause verdrehte für einen kurzen Augenblick die Augen. Dann lächelte er seinen Gesprächspartner wieder freundlich an. »Sie sind ein sehr wohlerzogener junger Mann. Aber haben Sie schon einmal darüber nachgedacht, dass der alten Dame das unangenehm sein könnte?«

Verdutzt verzog Enno das Gesicht. Darüber hatte er sich tatsächlich überhaupt keine Gedanken gemacht.

»Viele alte Leute sind zu stolz, um Hilfe anzunehmen. Darum ist mein Greetsieler Zeittaler ja auch so genial.« Er machte eine kurze Pause, um sich an dem überraschten Gesichtsausdruck seiner Gesprächspartner zu erfreuen. »In meinem Beispiel bezahlt die alte Dame Sie einfach in Greetsieler Zeittalern«, erklärte er schließlich weiter.

»Aber woher hat sie denn die Taler, wenn sie doch kein Geld hat?«, mischte Hedda sich ein. Sic hatte sich die ganze Zeit über Notizen auf ihrem Block gemacht.

Sandro Prause schaute sie an, als habe er genau auf diese Frage gewartet. »Wissen Sie, die betagte Dame macht mit ihrem alten Waffeleisen zufälligerweise die besten Neujahrskuchen des Ortes. Einmal im Jahr setzt sie sich hin und macht Unmengen davon, die sie dann entweder verkauft oder aber gegen Greetsieler Zeittaler eintauscht. Und diese …«

»… kann sie dann wiederum bei mir einsetzen, um ihre Passbilder machen zu lassen«, komplettierte Enno den Satz, um seinem Gegenüber zu zeigen, dass er die Pointe verstanden hatte.

»Ganz genau!« Sandro Prause formte seine rechte Hand zu einer Pistole und tat so, als würde er damit auf Enno schießen.

Bei dem Gedanken an die aufgerollten dünnen Waffeln, die in Ostfriesland traditionell zum Jahreswechsel gebacken werden, lief Hedda das Wasser im Munde zusammen. »Eine wirklich tolle Idee«, lobte sie. »Und dann haben Sie aus diesem Einfall ganz alleine den Greetsieler Zeittaler entwickelt?«

»Nicht ganz alleine«, gab er zu. »Mein alter Freund, Eddy Heinrich, hat mir bei der Umsetzung geholfen.«

In diesem Moment schepperte es im Hintergrund. Erschrocken zuckten alle Drei zusammen und drehten die Köpfe herum. Im Türrahmen stand Gesine Prause und schaute erschrocken auf die am Boden liegende Teetasse, die ihr vom Tablett gerutscht war.

»Pass doch auf!«, motzte ihr Ehemann sie an. Verständnislos schüttelte er den Kopf.

Reflexartig war Enno vom Sofa aufgesprungen, um der vor Schreck erstarrten Hausfrau behilflich zu sein. Blitzschnell kniete er sich nieder, las die gröbsten Scherben vom Boden auf und legte sie zu den verschonten Tassen auf das Tablett. »Zum Glück war es nur eine«, versuchte er den geistesabwesenden Pechvogel zu trösten. Dann streckte er beide Arme aus, griff nach dem Tablett und nahm es ihr behutsam aus den immer noch zitternden Händen, um es auf den zerkratzten Wohnzimmertisch zu stellen.

»Ich gehe in die Küche und hole eine neue Tasse«, sagte Gesine Prause, ohne dabei jemanden direkt anzusehen. Es schien, als wäre ihr der Vorfall unendlich peinlich.

Ob es Zufall war, dass ihr genau in dem Moment die Tasse vom Tablett gerutscht ist, als der Name des verstorbenen Eddy Heinrich fiel?, überlegte Hedda.

6. Kapitel

Der Greetsieler Zeittaler

»Eddy und ich waren alte Jugendfreunde. Wir sind direkt nach der Wende aus dem Osten abgehauen und irgendwie in Greetsiel gelandet. Hier habe ich dann auch meine Frau kennengelernt.« Sandro Prause schaute zu dem Türrahmen hinüber, in dem gerade noch seine Angetraute gestanden hatte. »Eddy war unser Trauzeuge und stets für uns beide ein treuer Freund. Sein Tod hat meine Frau und mich sehr mitgenommen.«

»Er ist verstorben?« Enno tat überrascht. »Mein herzliches Beileid!«

»Ist noch gar nicht so lange her.« Sandro Prause wischte sich eine Träne aus dem Auge. Die Erinnerung an den Tod seines Freundes schien ihn sehr traurig zu machen. Dann schüttelte er sich kurz, so als habe er gerade in eine Zitrone gebissen. »Aber Sie sind ja nicht hier, um mit mir über seinen Tod zu sprechen, oder?« Er machte eine kurze Pause, in der er Heddas Blick fixierte und auf eine Reaktion wartete.

»Nein«, entgegnete die junge Ermittlerin überrascht. Dabei war Eddys Tod im Prinzip das Einzige, was sie nach Greetsiel getrieben hatte. Aber selbst wenn der Jugendfreund des Verstorbenen wirklich der anonyme Tippgeber gewesen war, wollte sie aus ermittlungstechnischen Gründen noch nicht den Eindruck erwecken, sie wäre nur wegen des Schreibens hier.

»Aber wenn Sie uns ein wenig mehr über ihn erzählen, können wir Ihren Freund besser in die Story einbauen«, kam Enno ihr zu Hilfe. »Immerhin ist der Greetsieler Zeittaler sozusagen sein Vermächtnis für die Nachwelt.«

»Sie meinen, UNSER Vermächtnis!« Sämtliche Emotion war schlagartig aus Sandro Prauses Stimme entwichen.

»Selbstverständlich meinen wir das«, beschwichtigte Hedda. »Aber die Geschichte von zwei Jugendfreunden, die gemeinsam aus der ehemaligen DDR nach Ostfriesland kamen und hier etwas geschaffen haben, das mit Bestimmtheit Greetsiel - vielleicht aber auch noch viele weitere Orte - positiv verändern wird, wird die Leser mitten ins Herz treffen. Wenn wir das Ganze dann noch als

Teilvermächtnis Ihres viel zu früh verstorbenen Freundes darstellen, könnte es die Geschichte vielleicht sogar als Reportage in einige Boulevard-Shows im TV schaffen.« Unsicher schaute Hedda ihren Interviewpartner an. Hatte sie zu dick aufgetragen? Würde er vielleicht sogar verärgert darauf reagieren, dass sie das Ableben seines Freundes zur Vermarktung ihrer Geschichte nutzen wollte?

Einen Moment lang starrte Sandro Prause nachdenklich an die Wand. »Ich glaube, das würde Eddy sehr gut gefallen«, sagte er schließlich mit einem zufriedenen Lächeln auf den Lippen. Dann erzählte er ihnen von den ersten Tauschgeschäften, dem Aufbau der Webseite, der stetig wachsenden Mitgliederzahl, ehe er schließlich von Eddys Krebsdiagnose und seinem vermeintlichen Suizid in der Badewanne berichtete. Dabei ließ er zwischen den Zeilen durchaus durchblicken, dass er vom Freitod seines Freundes nicht hundertprozentig überzeugt war.

»Haben Sie denn in den Tagen vor seinem Tod irgendetwas gespürt?« Hedda räusperte sich. »Ich meine, haben Sie im Nachhinein das Gefühl, Sie hätten geahnt, dass er etwas vorgehabt haben könnte?«

Einen Moment lang schien Sandro Prause intensiv über die Frage nachzudenken. »Eddy war sein ganzes Leben lang äußerst zielstrebig. Wenn er etwas wollte, hat er stets alles darangesetzt, um es auch zu bekommen. Ich kann daher immer noch nicht glauben, dass er sich selbst …« Er schluckte, senkte den Kopf und wischte sich nach ein paar Sekunden erneut eine Träne aus dem Gesicht. »Aber andererseits könnte ich natürlich auch sagen, er habe sein eigenes Ende eben auch selbst bestimmen wollen.«

Für einen Moment herrschte eine bedrückende Stille im Raum. Jeder der Anwesenden schien in irgendeiner Form an den Verstorbenen zu denken.

Hedda fand als Erste ihre Stimme wieder. »Wie funktioniert das mit den Talern?«, wollte sie wissen. »Lassen Sie dafür echte Münzen prägen? Wie haben Sie die Taler in Umlauf gebracht? Und wie definiert sich der Wert einer erbrachten Leistung?«

»Kommen Sie mal mit!« Sandro Prause erhob sich aus seinem Ikea-Sessel und verließ das Wohnzimmer.

Hedda und Enno folgten ihm. Über eine steile, knarzende Holztreppe gelangten sie in das Obergeschoss des Hauses. Hier hatte sich der Mitbegründer des Greetsieler Zeittalers ein Büro eingerichtet. Wortlos setzte sich Sandro Prause auf den alten Schreibtischstuhl, legte seine Hand auf die bereitliegende Computermaus und drückte eine der Tasten. Die beiden jungen Ermittler blieben direkt hinter ihm stehen und schauten neugierig auf den aufflackernden Monitor. Der Raum war so klein, dass für weitere Sitzgelegenheiten kein Platz mehr war.

»Als Sie gekommen sind, habe ich zufälligerweise gerade an der aktuellen Abrechnung gearbeitet«, sagte Sandro Prause und tippte mit dem Zeigefinger auf den Monitor, auf dem jetzt eine Excel-Tabelle mit sehr vielen, nach Alphabet sortierten Namen zu sehen war.

Enno warf einen kurzen Blick aus dem Fenster. Die Gardine kam ihm bekannt vor. *Das muss der Raum sein, aus dem wir beobachtet worden sind, als wir noch vor der Haustür gewartet haben*, war er sich sicher.

»Unabhängig von der Art der Leistung bekommt man pro zehn Minuten Arbeitseinsatz einen Zeittaler. Es ist also vollkommen egal, ob sie in dieser Zeit Holz hacken oder jemandem ein Lied vorsingen«, erklärte Sandro Prause weiter. »Sehen Sie hier!« Er tippte auf einen beliebigen Namen der Liste, hinter dem bereits einige Spalten mit Zahlen gefüllt waren. »Dieser Mann liebt Gartenarbeit. Er hat schon für viele den Rasen gemäht, Unkraut gejätet, Beete angelegt oder Bäume beschnitten. Jedes Mal, wenn er mit seiner Arbeit fertig ist, bekomme ich eine Nachricht von seinem jeweiligen Auftraggeber. Ich füge dann bei ihm die verdiente Anzahl an Zeittalern hinzu und ziehe bei seinem Auftraggeber die identische Anzahl an Münzen ab.«

»Dann steht jede Zahl für verdiente oder ausgegebene Zeittaler?«, fragte Enno nach.

Sandro Prause nickte. »Ganz genau.«

»Und warum sind einige rot markiert?«, wollte Hedda wissen.

»Das sind die Zeittaler, die ich für mein Verwaltungstätigkeit abziehe. Ich färbe sie rot ein, anstatt sie zu löschen, damit ich alle Mitglieder einigermaßen gleichmäßig belaste.«

»Dann ist das Abrechnen der Zeittaler quasi Ihre Leistung? Für zehn Minuten am PC schreiben Sie sich selbst also eine Münze gut und ziehen sie irgendeinem anderen Nutzer dafür ab?«, stellte Enno eine Verständnisfrage.

Wieder nickte Sandro Prause zustimmend.

»Kann man denn auch mit seinem Konto ins Minus geraten?«, fragte Hedda neugierig. »Ich meine, gibt es so etwas wie einen Dispositionskredit bei der Bank? Und falls ja: Werden bei Ihnen auch so etwas wie Überziehungszinsen fällig?«

Sandro Prause musste lachen. »Nein, so etwas gibt es beim Greetsieler Zeittaler nicht. Wer neu dazukommt, muss sich durch seine eigene Leistung zunächst ein paar Zeittaler verdienen, bevor er oder sie diese ausgeben kann.

»Aber es gibt doch bestimmt auch Mitglieder, die jeden verdienten Zeittaler sofort wieder ausgeben. Wie belasten Sie denen dann die ›Gebühren‹…«, Enno setzte das letzte Wort symbolisch mit seinen Fingern in Anführungszeichen, »… für Ihre Verwaltungstätigkeit?«

»In diesem Fall … also, ich meine … wenn so etwas wirklich einmal vorkommt, dann …«, begann Sandro Prause zu stottern.

Sein Abrechnungssystem scheint nicht besonders fair und vor allem nicht transparent zu sein, dachte Hedda und beschloss, gleich noch eine kritische Nachfrage hinterherzuschieben. »Wenn jetzt die alte Dame aus Ihrem Beispiel sich von meinem Kollegen hier …«, sie klopfte Enno auf die Schulter, »… Passfotos machen lassen will. Woher weiß er dann, dass sie auch genug Zeittaler auf dem Konto hat, um ihn damit bezahlen zu können?«

»Nun ja. Wenn Sie ins Restaurant gehen und ein leckeres Vier-Gänge-Menü genießen, fragt Sie der Kellner doch vorher auch nicht, ob Sie genügend Geld dabeihaben, oder?«, konterte Sandro Prause mit einer Gegenfrage.

Der Punkt geht an ihn, dachte Enno. *Aber dennoch bietet sein Abrechnungssystem durchaus Konfliktpotential.* »Gab es denn noch nie Streitigkeiten bei den Tauschaktionen?«, wollte er daher wissen.

»Ganz selten. Für diese Fälle haben wir einen Ombudsmann, der mit den Streitparteien spricht und anschließend eine Entscheidung trifft.«

»Und wer ist das?«, fragte Hedda.

Die unerwartete Antwort auf diese Frage ließ die beiden Ermittler aufhorchen.

7. Kapitel

Der Ombudsmann

»Ihr verstorbener Freund Eddy Heinrich war der Streitschlichter?«, fragte Hedda sicherheitshalber noch einmal nach. Zeitgleich machte sie sich eine Notiz auf ihrem bereits ziemlich vollgeschriebenen Zettel.

»Nach seinem Tod habe ich diese Funktion auch noch übernommen«, antwortete Sandro Prause. »Alles, was wir bis dahin zu zweit gemacht haben, mache ich seither alleine.«

Das wird ja immer besser, dachte Enno und schüttelte innerlich mit dem Kopf. Er fragte sich, wie Eddy Heinrich oder Sandro Prause als Gründer des Greetsieler Zeittalers die Funktion einer unparteiischen Schiedsperson übernehmen konnten. »Dann machen Sie jetzt also die gesamte Organisation ganz alleine?« Trotz seiner Bedenken schaffte er es, seine Worte anerkennend und nicht vorwurfsvoll klingen zu lassen.

»Die ersten Wochen nach Eddys Tod waren schon sehr schwierig. Aber mittlerweile habe ich ein ganz einfaches System entwickelt und bekomme das ziemlich gut alleine hin.«

»Hat Eddy für seine Organisationstätigkeiten denn auch Zeitmünzen von den übrigen Mitgliedern bekommen?«, fragte Hedda.

Sandro Prause nickte. »Er hat seinen Zeitaufwand genauso angerechnet bekommen wie ich.«

»Daraus ergibt sich für mich eine interessante Frage«, kommentierte Enno. »Was passiert eigentlich mit den Zeittalern, wenn ein Mitglied verstirbt? Entfallen die oder werden sie vererbt?«

Sandro Prause schaute ihn verdutzt an. Mit dieser Frage war er offensichtlich noch nie konfrontiert worden. »Das ist in der kurzen Historie des Zeittalers bisher noch nicht vorgekommen«, drückte er sich um eine konkrete Antwort herum.

»Aber was ist denn mit den Zeitmünzen von ihrem Freund Eddy passiert?«, hakte Hedda nach.

Die Verunsicherung stand Sandro Prause direkt ins Gesicht geschrieben. »Eddy war ja kein Mitglied im eigentlichen Sinne«, begann er zu stammeln.

»Also sind seine Münzen verfallen?«, wollte Enno wissen.

»Nein.« Sandro Prause schluckte. »Seine Taler habe ich auf mich übertragen.« Angestrengt schien er über eine nachvollziehbare Erklärung für diese Handlung nachzudenken. »Es waren ja sozusagen die Zeitmünzen des Organisationsteams.« Unsicher schaute er die vermeintlichen Reporter an. »Aber für zukünftige Todesfälle sollte ich mir unbedingt eine klare Richtlinie überlegen. Vielen Dank für diesen Hinweis.« Er nahm einen leeren Notizzettel von seinem Schreibtisch und machte sich einen entsprechenden Vermerk.

»Gern geschehen.« Hedda lächelte ihn an. Er sollte das Gefühl haben, dass er mit diesem Ablenkungsmanöver Erfolg gehabt hatte. Sie schaute Enno an. »Ich denke, für eine gute Story haben wir jetzt alles. Um das Ganze im Artikel authentisch wirken zu lassen, würde ich aber gerne auch einen Absatz über einen Streitfall schreiben. Vielleicht einen, den Ihr verstorbener Freund noch geschlichtet hat. Das würde den Lesern dann so richtig ans Herz gehen. Können Sie uns da vielleicht eine Adresse geben?«

Sandro Prause überlegte. »Frau Grummer wohnt direkt nebenan. Eine reizende alte Dame. Vielleicht klingeln Sie einfach mal bei ihr und fragen vorsichtig nach. Sagen Sie ihr aber bitte nicht, dass Sie den Tipp mit dem Schiedsspruch von mir haben. Sie wissen schon, von wegen Datenschutz und so.«

»Selbstverständlich! Vielen Dank für das tolle Interview. Sobald ich die Story verkauft habe, werde ich Ihnen mitteilen, in welchen Medien der Artikel erscheint. Ich denke, in der Sache werde ich auch meine Kontakte zum Norddeutschen Rundfunk spielen lassen.« Symbolträchtig hob Hedda beide Hände und umklammerte mit den Fingern fest ihre Daumen.

»Das wäre natürlich großartig.« Sandro Prauses Augen begannen vor Freude zu leuchten. »Am besten Sie schreiben mir dann eine E-Mail.« Ohne zu fragen, griff er nach Heddas Notizblock und kritzelte seine elektronische Adresse in die unterste Ecke des obenauf liegenden Blattes.

»Dann machen wir uns mal auf den Weg zu Frau Grummer.

Vielen Dank nochmal!« Hedda streckte Sandro Prause die Hand entgegen.

Der stand von seinem Stuhl auf, ergriff die dargebotene Hand und bedankte sich seinerseits ebenfalls recht herzlich. »Ich bringe Sie noch zur Tür.« Er verließ das kleine Büro, stieg die knarzende Treppe ins Erdgeschoss hinunter und hielt den vermeintlichen Journalisten die Haustür auf.

Beim Hinausgehen gab auch Enno ihm die Hand. »Sie hören von uns«, sagte er und nickte ihm zu.

»Warten Sie!«, rief Sandro Prause den beiden hinterher, als sie sein Grundstück schon fast verlassen hatten. »Sie haben ja gar kein Foto von mir gemacht.«

Wie angewurzelt blieb Enno stehen, drehte sich um und schlug sich mit der flachen Hand vor die Stirn. »Das habe ich ja ganz vergessen. So etwas ist mir ja noch nie passiert.« Sofort kramte er seine Digitalkamera aus der Umhängetasche. »Das liegt nur daran, dass mich Ihre Geschichte so gefesselt hat. Beim Zuhören habe ich den eigentlichen Grund, warum ich heute zu Ihnen gekommen bin, glatt vergessen.« An Sandro Prauses strahlendem Lächeln konnte er sofort erkennen, dass der ihm seine Ausrede abgekauft hatte. »Was halten Sie davon, wenn wir ein Foto von Ihnen neben diesem wundervollen Oldtimer machen?«, schlug Enno vor und zeigte auf den in der Sonne glänzenden Porsche. »Gehört der eigentlich Ihnen?«

»Das ist ein Porsche Targa, Baujahr 1973«, antwortete Sandro Prause mit der stolzgeschwellten Brust eines frischgebackenen Kindsvaters. Er positionierte sich neben der Motorhaube und setzte ein stolzes Lächeln auf.

Enno machte ein paar Schnappschüsse aus unterschiedlichen Perspektiven, dann steckte er die Kamera zurück in seine Umhängetasche. »Ein wirkliches Schmuckstück«, schwärmte er zum Abschluss noch einmal über das heißgeliebte Auto seines Interviewpartners.

Nachdem sie sich endgültig verabschiedet hatten, gingen sie zur Haustür der Nachbareinheit und klingelten.

»Antje Grummer«, las Hedda den vollständigen Namen auf dem Klingelschild leise vor. Sie war gespannt, ob sie die Befragung der Nachbarin ermittlungstechnisch voranbringen würde.

»Wer ist da?«, rief eine weibliche Stimme durch die geschlossene Tür hindurch.

»Mein Name ist Jutta Müller. Neben mir steht mein Kollege Otto Pichler. Wir sind von der Zeitung.« Da die junge Ermittlerin nicht wusste, wie gut die alte Dame hören konnte, schrie sie förmlich auf die Haustür ein.

»Ich will kein Abo. Ich lese Nachrichten nur noch auf meinem iPad«, reagierte Antje Grummer prompt.

»Wir wollen Ihnen kein Abo verkaufen«, schaltete Enno sich ein. »Wir wollen Ihnen ein paar Fragen zum Greetsieler Zeittaler stellen. Wir kommen gerade von Ihrem Nachbarn – Herrn Prause.« Erst jetzt fiel ihm ein, dass sie dem ja eigentlich versprochen hatten, der alten Dame nicht zu verraten, dass er sie zu ihr geschickt hatte.

Auf der anderen Seite der Tür herrschte einen Moment lang Stille. »Das kann ja jeder behaupten«, blieb Frau Grummer argwöhnisch. »Wer sagt mir denn, dass Sie nicht irgendwelche Trickbetrüger sind, die mir gleich weismachen wollen, Sie wären meine Enkel oder ich hätte eine Million Euro in der Lotterie gewonnen. Ich weiß genau, dass diese Betrügereien gerade in Greetsiel im Umlauf sind.«

Die alte Dame ist aber wirklich auf Zack. Anerkennend nickte Hedda ihrem Verlobten zu.

»Wir könnten Sandro Prause oder seine Frau bitten, unsere Geschichte zu bestätigen«, schlug Enno vor. In diesem Moment war ihm vollkommen egal, dass der Mitbegründer des Greetsieler Zeittalers vielleicht sauer auf ihn sein könnte. Er wollte nur nicht, dass die alte Dame Angst vor ihnen hatte. »Soll ich schnell einen von beiden von nebenan holen?« Er fragte sich, wie alt Frau Grummer wohl sein mochte.

In diesem Moment öffnete sich die Haustür und eine kleingewachsene, rundliche Frau mit faltiger Haut und Dauerwellenfrisur kam zum Vorschein. »Moin! Ich habe Sie eben schon durch das Fenster beobachtet, als Sie meinen lieben Nachbarn neben seiner wahren Liebe fotografiert haben. Ich glaube Ihnen daher die Geschichte mit der Zeitung, konnte mir aber einen kleinen Spaß nicht verkneifen. Bitte verzeihen Sie mir, aber als alte Witwe hat man nicht mehr viel zu lachen, wenn man nicht ab und zu selber dafür sorgt.« Sie zwinkerte den beiden jungen Besuchern schelmisch zu.

Beeindruckt von so viel Lebensfreude konnte Hedda einfach nur zufrieden lächeln. Sie schätzte Frau Grummer auf Anfang achtzig und hoffte, dass sie in diesem Alter auch noch so cool drauf sein würde. »Dürfen wir denn jetzt vielleicht reinkommen und Ihnen von Ihrem verstorbenen Großvater aus Australien und dem immensen Erbe, das er Ihnen hinterlassen hat, berichten?«, scherzte sie.

Antje Grummer lachte herzlich auf. »Ich kenne Sie nicht, aber ich mag Sie jetzt schon, Schätzchen.« Mit einer winkenden Handbewegung bat sie die beiden vermeintlichen Reporter, ihr ins Haus zu folgen. »Möchten Sie einen Tee?«, fragte sie, nachdem sich Hedda und Enno an den Küchentisch gesetzt hatten.

»Vielen Dank!«, lehnte Enno das Angebot höflich ab. »Wir haben gerade nebenan schon Tee getrunken.« Das stimmte zwar nicht, denn nachdem sie vom Wohnzimmer in das Büro von Sandro Prause gegangen waren, um sich dort die Abrechnungstabelle anzusehen, hatten sie das Tablett mit dem Tee vollkommen vergessen. Dennoch wollte er ihrer Gastgeberin keine Mühe machen.

»Das war doch kein richtiger Tee«, winkte Antje Grummer kopfschüttelnd ab, stellte den Wasserkocher an und fischte eine Porzellankanne mit klassischem Rosenmotiv aus einem der Hängeschränke, den sie aufgrund ihrer geringen Körpergröße gerade so erreichen konnte. »Der Ossi lebt zwar schon eine halbe Ewigkeit hier bei uns in Ostfriesland, aber richtig Tee machen kann der immer noch nicht.«

»Den Tee hat aber seine Frau gemacht«, warf Hedda ein.

»War der Tee schon fertig, als Sie gekommen sind oder hat Gesine ihn erst danach frisch zubereitet?«, fragte sie mit einem unverkennbar besorgten Ton.

»Ich glaube, sie hat ihn erst gemacht, nachdem wir gekommen sind. Wieso?«, fragte Enno verwundert.

»Andernfalls hätte ich nur Sorge gehabt, dass er vergiftet gewesen sein könnte«, erläuterte Antje Grummer ihre ungewöhnliche Frage.

Hedda lachte. »Das ist jetzt wieder einer Ihrer Späße, mit denen Sie sich selbst die Tage versüßen, richtig?«

»Ganz und gar nicht, Schätzchen«, erwiderte die alte Dame mit ernster Miene.

8. Kapitel

Informative Teezeit

Heddas Gesichtsmuskeln waren schlagartig wie versteinert. Enno fühlte plötzlich ein komisches Kratzen im Hals. War der Tee vielleicht wirklich vergiftet gewesen? Wollte Gesine Prause eigentlich alle Tassen fallen lassen, um Hedda und Enno vor ihrem bereits fertig gebrauten Gifttrank zu schützen? Oder hatte sie bewusst nur eine Tasse fallen lassen, damit letztendlich nur noch zwei für die vermeintlichen Reporter übrig waren? Hatte sie auch deshalb so gezittert?

Die Fantasie der beiden jungen Ermittler lief für einige Sekunden Amok, dann hatte Enno sich wieder gefasst. »Wie meinen Sie das?«, fragte er.

»Wissen Sie, nicht jeder ist so glücklich verliebt wie Sie beide«, begann sie zu erklären.

»Wie kommen Sie darauf, dass wir ein Paar sind?«, fragte Hedda verwundert, aber gleichzeitig auch beeindruckt.

»Ich bin zweiundachtzig Jahre alt. Ihr jungen Leute könnt schneller laufen und besser hören als ich, aber dafür habe ich etwas, was Sie noch nicht haben.« Sie machte eine spannungserzeugende Sprechpause. »Lebenserfahrung«, sprach sie schließlich weiter. »Wenn sich zwei Menschen verliebt ansehen, dann bemerke ich das sofort.« Zufrieden lächelnd schaute sie ihre beiden Gäste an. Dann verfinsterte sich ihre Miene plötzlich. »Sie wissen doch, dass Sie ineinander verliebt sind?«, fragte sie erschrocken.

Hedda strahlte die alte Dame glücklich an. Sie konnte sie in dieser Hinsicht einfach nicht anlügen. Warum sollte die angebliche Journalistin auch keine Beziehung mit ihrem Fotografen haben? »Ja, das wissen wir«, schmunzelte sie.

»Gott sei Dank!«, entfuhr Antje Grummer ein erleichterter Seufzer. »Hätte ja auch sein können, dass Sie beide ineinander verliebt sind, sich aber noch nicht getraut haben, es dem jeweils anderen zu gestehen. So Leute soll es ja geben.« Schmunzelnd setzte sie die Zubereitung des Tees fort.

»Wir sind sogar schon verlobt«, ergänzte Enno die Worte seiner Freundin. Dabei schaute er mit einer so wundervollen Mischung aus Stolz und Glückseligkeit zu Hedda hinüber, dass ihr in diesem Moment sofort das Herz aufging.

»Mein Mann Friedrich und ich waren siebenundfünfzig Jahre lang verheiratet«, schwärmte Antje Grummer und platzierte die Teekanne mitten auf den Tisch. »Vom ersten Moment, in dem er mich sah, bis zu seinem letzten Atemzug, hat er mir immer das Gefühl gegeben, seine Königin zu sein.« Auffordernd fixierte sie Ennos Blick, während sie eine Teetasse direkt vor ihm abstellte. »Und damals waren Gleichberechtigung und Emanzipation noch Fremdwörter.«

Hoffentlich können Enno und ich irgendwann auch auf eine derart lange und glückliche Ehe zurückblicken, dachte Hedda.

»Was sind Sie denn für Sternzeichen?«, wollte Antje Grummer nun wissen. »Ich bin Stier und mein Mann war Zwilling. Auch darum haben wir so gut zusammengepasst.«

»Ich bin Skorpion«, antwortete Enno. Er glaubt zwar nicht an Astrologie, war aber dennoch auf die Interpretation der alten Dame gespannt.

Hedda dachte kurz nach. »Eigentlich bin ich Waage«, sagte sie schließlich zögerlich. »Aber in einem Internetartikel habe ich letztens gelesen, dass mein Geburtstag angeblich bereits der erste Tag des Sternzeichens Skorpion sein soll.«

»Sie haben also am 23. Oktober Geburtstag«, kombinierte die alte Dame sofort richtig. »Tatsächlich gibt es da unter den Astrologen unterschiedliche Einstufungen. Auf die Verträglichkeit Ihrer Beziehung hat das aber so oder so keinen Einfluss.«

»Also passen Waage und Skorpion genauso gut zusammen wie zwei Skorpione?«, fragte Hedda hoffnungsvoll.

»So könnte man es auch sagen«, drückte sich ihre Gastgeberin vor einer direkten Antwort. Sie wollte dem sympathisch wirkenden jungen Paar lieber nicht sagen, dass ihre Liebe nicht unter den besten Sternen stand.

Der jungen Ermittlerin fiel wieder ein, wie sie überhaupt auf das Thema gekommen waren. »Darf ich Sie noch einmal fragen, wie Sie das mit dem vergifteten Tee gemeint haben?«

Antje Grummer, die gerade die nächste Teetasse vor Hedda abstellen wollte, erstarrte in ihrer Bewegung. Wie eingefroren stand sie neben ihr und rührte sich für einige Sekunden nicht mehr. Doch dann breitete sich auf ihrem versteinerten Gesicht auf einmal ein strahlendes Lächeln aus. »Als Spaß habe ich das selbstverständlich gemeint.« Sie setzte sich wieder in Bewegung, um auch ihre Teetasse auf den Tisch zu stellen. »Aber wenn Sie mich fragen, halten es die beiden …«, sie zeigte auf die Wand, die ihr Zuhause mit dem Reihenhaus der Familie Prause verband, »… keine siebenundfünfzig Jahre miteinander aus.« Mit einer kleinen silbernen Zange fixierte sie einen Kluntje und legte ihn ungefragt in Ennos Tasse.

»Ach nein?«, tat der ehemalige Polizist überrascht. »Auf mich wirkten die beiden gerade ganz harmonisch.«

Überrascht schaute Hedda ihn an. Sie brauchte einen Augenblick, um zu begreifen, dass er absichtlich gelogen hatte, um so noch mehr Informationen über die Ehe der Prauses aus der alten Dame herauszukitzeln.

Scheinbar gleichgültig wiederholte Antje Grummer die Kluntje-Prozedur mit Heddas Tasse. »Nun«, sagte sie und holte tief Luft, »Sie haben die beiden für ein paar Minuten kennengelernt, ich hingegen wohne schon seit etlichen Jahren Wand an Wand mit diesen Leuten. Da bekommt man so einiges mit.« Ein weiterer Kluntje landete in ihrer eigenen Tasse.

»Wo gehobelt wird, da fallen halt auch Späne«, kommentierte Hedda das Gehörte scherzhaft.

Antje Grummer nahm die Teekanne zur Hand und schenkte Ennos Tasse voll. »Dann haben die da drüben aber eine Streichholzfabrik«, schmunzelte sie, während sie die Porzellankanne zu Heddas Tasse führte.

Enno hatte das Gefühl, dass sie dieses Gesprächsthema nicht wirklich weiterbrachte. Die Ehe der Prauses schien alles andere als harmonisch zu sein. Dass dies jedoch etwas mit dem Tod von Eddy Heinrich zu tun haben sollte, konnte er sich nicht vorstellen. Er entschied daher, das Thema zu wechseln. »Wir arbeiten an einem Artikel über den Greetsieler Zeittaler. Mögen Sie uns vielleicht kurz erzählen, welche Erfahrungen Sie bisher in der Tauschgemeinschaft gemacht haben?«

Nachdem Antje Grummer auch sich selbst Tee eingeschenkt hatte, holte sie ein weißes Kännchen mit Teesahne aus dem Kühlschrank.

»Wir meinen positive, aber auch negative Erlebnisse«, ergänzte Hedda die Frage.

Nachdenklich ließ die alte Dame jeweils einen Löffel Sahne in die drei Teetassen gleiten. Während die beiden Ermittler die ›Wolkenbildung‹ in ihren Tassen bestaunten, setzte sie sich auf ihren Platz und schaute ihre Gäste prüfend an.

»Erzählen Sie uns nur, was sie mögen«, ruderte Hedda ein wenig zurück. Sie wollte ihre Gastgeberin auf keinen Fall verunsichern.

»Ich überlege nur, ob ich Ihnen das wirklich erzählen soll«, erklärte die alte Dame ihre gedankliche Auszeit. »Wenn ich das nämlich wirklich tue und Sie das dann in einem Artikel veröffentlichen, dann ist es mit der vermeintlich guten Nachbarschaft wahrscheinlich endgültig vorbei.«

9. Kapitel

Die Kraft der zwei Gesichter

Scheinbar hat Sandro Prause seine Nachbarin komplett falsch eingeschätzt, dachte Hedda. *Sonst hätte er uns mit Sicherheit nicht zu ihr geschickt.*

»Wir sollten es eigentlich nicht erzählen, aber ehrlich gesagt hat uns Ihr Nachbar zu Ihnen geschickt, weil wir mit jemandem sprechen wollten, bei dem der Ombudsmann des Greetsieler Zeittalers eine Unstimmigkeit zwischen zwei Parteien schlichten musste«, sagte Enno. »Wir sind daher davon ausgegangen, dass die Sache damals zur Zufriedenheit aller Beteiligten geklärt werden konnte. Doch Ihren Worten entnehme ich, dass es vielleicht gar nicht so war. Liege ich da richtig?«

Antje Grummer hatte Enno aufmerksam zu Ende zugehört, ehe sie ihren Kopf Hedda zuneigte. »Er ist ja ein schnuckeliger Kerl, aber drückt er sich immer so gewählt aus?«, fragte sie. Dabei gab sie sich keinesfalls die Mühe, so leise zu sprechen, dass Enno es nicht hören konnte.

»Er kann auch anders«, lächelte Hedda sie an. Mit jeder weiteren Minute wuchs ihr die alte Dame mehr ans Herz.

»Dann bin ich ja beruhigt.« Mit einem vielsagenden Zwinkern wandte sich Antje Grummer wieder Enno zu, um ihm seine Frage zu beantworten. »Ich bin zwar zweiundachtzig, aber ich habe die Kraft der zwei Gesichter.«

Enno schaute zunächst die alte Dame und dann seine Freundin hilfesuchend an. Er konnte mit der kryptischen Formulierung einfach nichts anfangen. Hedda hingegen wusste genau, worauf ihre Gesprächspartnerin mit diesen Worten anspielen wollte. Sie hatte erst kürzlich eine Sendung über die achtziger Jahre gesehen, in der unter anderem auch kultige Werbespots gezeigt wurden. Dabei war auch ein Clip der Marke ›Doppelherz‹, deren Tonikum älteren Menschen eine überdurchschnittliche Lebensenergie versprach und es wortwörtlich mit der ›Kraft der zwei Herzen‹ bewarb.

»Meine Lebenserfahrung hat mich gelehrt, mich nicht überall einzumischen und mich nicht über alles aufzuregen«, begann Antje Grummer zu erklären. »Das gilt für Ehemänner, die ihre Frauen nicht so auf Händen tragen, wie mein Friedrich es mit mir getan hat, aber auch für Begegnungen mit Menschen, die mir gegenüber ungerecht waren.« Sie hielt kurz inne, schob dann aber doch noch ein paar Worte hinterher: »Und falls ich doch einmal meinen Ärger nicht sofort abschalten kann, setzte ich den betroffenen Menschen gegenüber stets ein zufriedenes Lächeln auf. Ansonsten würde ich ihnen ja nur den Triumph gönnen, mir am Gesicht ablesen zu können, dass ihre Handlungen mir immer noch keine Ruhe lassen.«

»Mögen Sie uns nicht doch erzählen, was damals im Zusammenhang mit dem Greetsieler Zeittaler geschehen ist«, hakte Hedda sofort nach. »Ich verspreche Ihnen, dass ich den Artikel so formulieren werde, dass es nicht zum Streit zwischen Ihnen und Ihrem Nachbarn kommt.«

Wieder schien die alte Dame für einen Moment nachzudenken. Dann blitzte plötzlich Entschlossenheit in ihren Augen auf. »Ich ärgere mich nicht über andere Leute, weil sie mir häufig einfach nicht wichtig genug sind«, begann sie ihr eigenes Verhalten zu resümieren. »Warum also sollte ich nicht die Wahrheit sagen, nur um die Befindlichkeiten eben dieser Personen zu schonen?« Sie führte ihre Tasse zum Mund und nahm einen Schluck Tee.

Enno und Hedda taten es ihr gleich, hielten jedoch auch während des Trinkens erwartungsvoll den Augenkontakt mit ihrer Interviewpartnerin.

»Vor einiger Zeit habe ich einen Mann hier gehabt, der für mich meinen kleinen Garten auf Vordermann bringen sollte. Ganze acht Stunden war der bei mir, aber in dieser Zeit hat er nicht nur gearbeitet. Pausenlos hat er mit dem Handy telefoniert und mittags hat er sich auch noch von mir bekochen lassen.« Antje Grummer machte eine kurze Pause, um Luft zu holen und ihren damaligen Ärger herunterzuschlucken. »Zu diesem Zeitpunkt wusste ich ja noch nicht, dass er mir sämtliche Freizeitaktivitäten auch in Rechnung stellen würde.«

Fassungslos schaute Hedda die alte Dame an. »Das heißt, der Typ wollte von Ihnen für volle acht Stunden Zeittaler haben, obwohl er effektiv deutlich weniger gearbeitet hat?«

Antje Grummer nickte. »Ganz genau«, bestätigte sie Heddas Verdacht. »Achtundvierzig Zeittaler wollte er von mir haben und zu allem Überfluss hatte er auch noch die Dreistigkeit besessen, mir die Aufrundung auf fünfzig Münzen vorzuschlagen.« Beim Gedanken daran schüttelte sie ungläubig mit dem Kopf. »›Ein kleines Trinkgeld hätte er sich ja wohl verdient‹, hatte er damals zu mir gesagt.«

Was für eine Unverschämtheit. Enno dachte an die Excel-Tabelle, die Sandro Prause ihnen gezeigt hatte. Er fragte sich, ob das der gleiche Mann war, der sich durch seine Vorliebe für die Gartenarbeit ein beachtlich gefülltes Zeittaler-Konto erarbeitet hatte. *Wenn der immer so abgerechnet hat, ist es ja kein Wunder, dass er so viele Münzen hat.*

»Und da sind Sie ausgeflippt?«, fragte Hedda.

»Nein.« Die alte Dame schmunzelte. »Ich habe mich zunächst nur höflich bei ihm für die großartige Arbeit bedankt. Der Garten war nämlich danach wirklich wieder tipptopp in Ordnung.«

»Aber Sie haben sich das doch nicht etwas gefallen lassen?« Besorgt schaute Enno sie an. Aus seiner früheren Polizeidiensttätigkeit kannte er genügend alte Menschen, die sich, um des lieben Friedens willen alles gefallen ließen.

»Jungchen, ich habe gesagt, ich rege mich nicht über Menschen auf, die mir gegenüber ungerecht sind. Das bedeutet aber nicht, dass ich mir alles gefallen lasse.«

»Was haben Sie dann unternommen?«, wollte Hedda wissen.

»Ich habe den Fall meinem lieben Nachbarn gemeldet.« Antje Grummer entfuhr ein verächtliches Schnaufen. »Der hatte aber wohl keine Lust zwischen die Fronten zu geraten und hat die Sache daher an seinen Kumpel Eddy übertragen. Der sollte in unserem Streit den Schiedsrichter spielen.«

»Und was ist dabei herausgekommen?« Da Enno nicht wirklich eine zufriedenstellende Einigung erwartete, schaute er die alte Dame mitfühlend an.

»Er hat mit uns beiden gesprochen und hinterher entschieden, dass mir für das Kochen des Mittagessens drei Zeitmünzen angerechnet werden müssten.« Antje Grummer trank ihren restlichen Tee mit einem Schluck aus. »Fünfundvierzig Zeittaler musste ich dem Betrüger übertragen, obwohl er meines Erachtens maximal dreißig verdient gehabt hätte. Für die zu viel gezahlte Zeit musste ich zweieinhalb Stunden in der Küche stehen, um für andere Leute etwas zu Essen zu kochen.«

»Das war ungerecht«, schimpfte Hedda wütend. Insbesondere bei Kindern und älteren Menschen konnte sie es ganz und gar nicht leiden, wenn diese unfair behandelt wurden.

»Aber wieso dachte Ihr Nachbar dann, sie wären die ideale Kandidatin, um uns von Ihren positiven Erfahrungen mit dem Ombudsmann des Greetsieler Zeittalers zu berichten?« Verständnislos legte Enno die Stirn in Falten. »Er muss doch gewusst haben, dass Sie wegen der Sache immer noch sauer sind.«

Wieder huschte ein verräterisches Schmunzeln über das Gesicht der alten Dame. »Der Ossi weiß gar nichts«, entgegnete sie zufrieden. »Die Genugtuung wollte ich ihm nicht geben. Ich habe den Schiedsspruch lächelnd akzeptiert und einfach weitergemacht, als wäre nichts gewesen.«

»Dann haben Sie trotzdem auch weiterhin beim Greetsieler Zeittaler mitgemacht?«, fasste Hedda nach.

»Warum auch nicht«, entgegnete Antje Grummer. »Ich koche für mein Leben gern. Wenn ich das alles alleine essen würde, wäre ich schon längst geplatzt. Und die anderen, denen ich mit meinen Speisen eine Freude mache, können doch schließlich nichts dafür, dass es immer und überall eine Handvoll Idioten gibt.«

Eine lobenswerte Einstellung, dachte Enno und erinnerte sich an die Handvoll Idioten, die ihm in seinem vergleichsweise kurzen Leben schon über den Weg gelaufen waren. Vielleicht sollte auch er es zukünftig nicht mehr zulassen, dass diese Menschen und ihre Handlungen ihm wertvolle Lebenszeit stahlen, indem er sich stundenlang über sie aufregte.

Hedda machte sich eifrig ein paar Notizen. Als sie von ihrem Block wieder aufblickte, schaute sie direkt in die glänzenden Augen von Antje Grummer. Versöhnlich schaute die alte Dame sie an.

»Bitte schreiben Sie den Artikel so, dass Herr Prause sich nicht ärgern muss. Er hat erst vor kurzem seinen besten Freund verloren.« Sie presste die Lippen zusammen. »Auch wenn ich ihn nicht sonderlich mag, möchte ich auch nicht, dass er sich wegen mir schlecht fühlt. Anscheinend glaubt er ja wirklich, dass ich ihn leiden kann. Ansonsten hätte er Sie ja wohl kaum zu mir geschickt. Der Greetsieler Zeittaler ist neben seinem Porsche wahrscheinlich das Wichtigste in seinem Leben. Ich will ihm das nicht kaputtmachen.«

»Ich werde den Schiedsspruch so darstellen, als wäre er ein für beide Seiten akzeptabler Kompromiss gewesen«, versuchte Hedda die alte Dame zu beruhigen.

»Danke!« Antje Grummer lächelte sie erleichtert an. »Und wenn Sie doch noch etwas Kontroverses für Ihren Artikel brauchen, wenden sie sich doch einfach an die offensichtlichen Gegner des Zeittalers.«

10. Kapitel

Erste Spekulationen

Nach dem Besuch bei Antje Grummer machten die beiden jungen Ermittler einen Zwischenstopp in ihrer Ferienwohnung, um sich über ihre bisherigen Erkenntnisse auszutauschen.

»Die Alte war ganz schön taff«, befand Enno anerkennend.

»Ja, echt bemerkenswert«, stimmte Hedda ihm zu. »Aber denkst du wirklich, sie hat Eddy Heinrich einen Föhn in die Badewanne geworfen, nur weil sie wegen des ungerechten Schiedsspruchs noch sauer auf ihn war?«

»Nein!« Der ehemalige Polizist schüttelte energisch mit dem Kopf. »Aber ihre scheinbare Gelassenheit kaufe ich ihr auch nicht ab. ›Ich ärgere mich nicht über andere Leute, weil sie mir häufig einfach nicht wichtig genug sind‹«, zitierte er die alte Dame. »Von wegen. Die kann genauso nachtragend sein wie du und ich.«

»Was dann ja wiederum zu ihrem Gerede von den ›zwei Gesichtern‹ passen würde. Sie hat doch am Ende selbst zugegeben, dass es ihr nicht immer gelingt, ihren Ärger einfach hinunterzuschlucken.« Hedda schloss die Augen und horchte kurz in sich hinein.

»Was ist?«, fragte Enno.

»Ach, nichts.« Hedda machte eine wegwerfende Handbewegung. Sie hatte kurz an das komische Gefühl gedacht, das sie in Antje Grummers Haus gespürt hatte, befand aber, dass es letztlich so schwach gewesen war, dass sie selbst Enno nicht davon berichten mochte. »Ich war mit meinen Gedanken schon bei Sandro Prause und seiner Frau«, flunkerte sie, da es ihr in diesem Fall irgendwie unangenehm war, über ihre vermeintlich übersinnlichen Kräfte zu sprechen.

»Nicht gerade ein Sympathieträger«, war Ennos erste Reaktion. »Aber der Tod seines Freundes schien ihn ehrlich getroffen zu haben.«

»Das kam mir auch so vor«, stimmte Hedda ihm zu. »Aber vielleicht hat er den Föhn ja auch nur im Affekt in die Badewanne geworfen.«

»Im Affekt?« Enno verzog skeptisch das Gesicht. »Wie soll das denn gewesen sein?« Allein die Vorstellung, sein bester Freund würde zu ihm ins Badezimmer kommen, während er nackt in der Wanne lag, kam Enno schon viel zu abwegig vor.

»Vielleicht hatten die beiden einen Streit, Sandro wurde wütend, hat sich den bereitliegenden Föhn geschnappt und …« Sie beendete den Satz nicht, sondern zuckte nur ahnungslos mit den Schultern.

»Aber worüber könnten die beiden sich so heftig gestritten haben, dass Sandro Prause derart die Sicherungen durchgebrannt sind?«

»Du hast Antje Grummer doch gehört. Neben seinem Porsche war der Greetsieler Zeittaler das Wichtigste für Sandro Prause. Vielleicht haben die beiden sich über das willkürliche Abrechnungssystem gestritten.«

»Oder Eddy Heinrich musste sterben, weil sein bester Freund an seine Zeittaler wollte«, kreierte Enno ein weiteres Motiv. »So schäbig wie das Haus der Prauses aussieht, könnten die sich von den Münzen ein paar Handwerker leisten, die alles wieder in Schuss bringen.«

»Aber warum haben die das denn nicht schon längst gemacht?«

Enno runzelte nachdenklich die Stirn. »Wäre vielleicht zu auffällig gewesen?«

Nachdenklich schaute Hedda aus dem Fenster. »Aber irgendwie klingt das alles doch sehr weit hergeholt und damit deutlich unglaubwürdiger als die Variante vom Selbstmord eines Todkranken.«

»Das sehe ich auch so«, stimmte Enno ihr zu. »Wir sollten uns als Nächstes auf die Geschäftsleute konzentrieren, die zu den Meinungsführern der GZKJ gehören. Hol doch mal die Liste raus!«

Hedda kramte den kleinen Schreibblock hervor, auf dem sie sich sowohl bei Sandro Prause als auch bei Antje Grummer Notizen gemacht hatte. Die alte Dame hatte ihnen zum Abschluss ihres Gespräches einige Selbstständige genannt, die ihres Erachtens einen Besuch wert waren.

»Also, da hätten wir …«, begann Hedda vorzulesen, »Hein Möllmann – er hat sich vor drei Jahren mit einem Hausmeister-Service selbstständig gemacht; Ava Redenius – Inhaberin einer Reinigung; Tjark Bruns – ein Fensterputzer aus Greetsiel und Raik Aden – Inhaber einer kleinen Gärtnerei.«

»Mit dem sollten wir anfangen!« Wie aus der Pistole geschossen kamen die Worte aus Ennos Mund.

»Mit Raik Aden?«

Der ehemalige Polizist nickte.

»Warum gerade mit ihm?«

»Ist nur so ein Gefühl.«

»Ich dachte, ich bin von uns die mit den ›Gefühlen‹.« Schmunzelnd malte Hedda mit ihren Zeigefingern zwei Gänsefüßchen in die Luft.

»Da in dieser Hinsicht bisher nichts von dir kam, dachte ich mir, dieses Mal übernehme ich den Part«, lachte Enno. »Aber Spaß beiseite. Sowohl bei Sandro Prause als auch bei Antje Grummer kamen wir auf diesen engagierten Hobbygärtner zu sprechen. Vielleicht war es nur Zufall, aber wer weiß.«

»Auf jeden Fall dürfte der Zeittaler-Gärtner Raik Aden ein Dorn im Auge sein«, nahm Hedda die Gedankenstränge ihres Freundes auf. »Weißt du noch seinen Namen?«

Enno überlegte angestrengt. »Gerhard … Gerald … Gerd … Irgendwas mit den Anfangsbuchstaben ›Ger‹ auf jeden Fall.«

»Vielleicht sollten wir Karsten das mal checken lassen. Wer weiß, wie unser engagierter Hobbygärtner in Wirklichkeit an die ganzen Zeitmünzen gekommen ist.« Sie griff zu ihrem Diensthandy und wählte die Nummer des IT-Fachmanns.

»Moin Hedda, schön von dir zu hören. Kann ich euch mal wieder bei den Ermittlungen behilflich sein?« Die Stimme des Computerprofis klang fröhlich.

Seit er mit Miriam zusammen ist, ist er viel entspannter als früher, freute Hedda sich innerlich. Dann erklärte sie ihm, welche Informationen er für sie beschaffen sollte.

»Und weißt du auch schon, wie ich das machen soll?«, fragte Karsten, nachdem er seiner jungen Kollegin aufmerksam zugehört hatte.

Die erinnerte sich an die bisherigen Einsätze, bei denen er ihnen bereits behilflich gewesen war. »Könnte ich nicht wieder heimlich einen deiner kleinen USB-Sticks an Sandro Prauses PC anbringen? Oder wir machen es wie in Norddeich und platzieren im Vorgarten einfach so einen …«, Hedda kam nicht auf den Namen des Gerätes, »… na, so einen WLAN-Stein eben.«

Am anderen Ende der Leitung wurde es plötzlich ganz still. Dann sagte Karsten in besorgtem Ton: »Das wird so dieses Mal aber nicht funktionieren.«

11. Kapitel

Raik Aden

Verblüfft schaute Hedda ihren Verlobten an. Solche Worte hatte sie von Karsten noch nie gehört. »Wie meinst du das?«, fragte sie ihn deshalb.

»USB-Stick und …«, man hörte, dass der IT-Fachmann schmunzelte, »WLAN-Stein werde uns hier nicht weiterhelfen.«

»Wieso denn nicht?«, wollte Hedda wissen.

Wieder verstummte die Leitung für einen kurzen Moment. »Weil ich gerade mit Miriam auf Mallorca bin«, lachte Karsten schließlich. »Ich kann daher nicht mal eben rüberfliegen, um euch mit meinen technischen Spielzeugen zu versorgen.«

»Was? Wir müssen in Greetsiel ermitteln und du machst Urlaub am Strand?«, mischte Enno, der alles über den Lautsprecher mitverfolgt hatte, sich mit gespielter Empörung in das Telefonat ein.

»Miriam hat die Reise gewonnen und Jörg meinte, euer Fall wäre nicht so wichtig«, rechtfertigte Karsten seine Abwesenheit. »Außerdem habe ich meinen Laptop ja auch dabei. Wenn es also wirklich dringend ist, finde ich schon einen Weg, um euch die gewünschten Daten zu beschaffen.«

Fragend schauten die beiden Ermittler sich an. Auf der einen Seite ärgerten sie sich darüber, dass ihr Vorgesetzter den Fall gegenüber Karsten als unwichtig bezeichnet hatte, andererseits hatten sie ein schlechtes Gewissen, dem IT-Fachmann und seiner Freundin wertvolle Urlaubszeit zu stehlen, indem sie ihn mit der Beschaffung von Daten beauftragten, die höchstwahrscheinlich gar nichts mit dem Tod von Eddy Heinrich zu tun hatten. Die beiden gingen nämlich immer noch davon aus, dass der Todkranke sich wahrscheinlich selbst das Leben genommen hatte.

»Das sollte kein ernstgemeinter Vorwurf sein. Wir wissen doch auch, dass wir es hier vielleicht nicht mal mit einem Mord zu tun haben«, erklärte Enno seine letzten Worte.

»Aber dennoch sind wir im offiziellen Auftrag hier und wollen daher natürlich jeder noch so kleinen Spur nachgehen«, entgegnete Hedda.

»Nun macht euch mal nicht ins Hemd. Das Animationsprogramm im Hotel ist ohnehin nichts für mich. Miriam sitzt abends auch lieber mit einem Buch auf dem Balkon. Ob ich jetzt in der Zeit ›World of Warcraft‹ spiele oder für euch in irgendwelchen Festplatten herumstöbere, ist für mich vollkommen egal.«

»Das ist nett von dir«, freute Hedda sich. »Aber wie willst du dir denn Zugriff auf Sandro Prauses Rechner verschaffen, wenn du nicht vor Ort bist?«

Karsten lachte kurz auf. »Lass es uns doch so machen, wie es uns die Geschichtsbücher gelehrt haben«, schlug er vor.

Hedda und Enno verstanden nur Bahnhof.

»Ich meine mit einem Trojaner«, erklärte ihr Kollege seinen Vorschlag, nachdem er gemerkt hatte, dass sie seine geistreiche Anspielung nicht auf Anhieb verstanden hatten. »Habt ihr zufällig eine E-Mail-Adresse von diesem Sandro Wagner für mich?«

»Prause«, korrigierte Enno ihn. Bei dem Vornamen Sandro hatte auch er schon mehrfach an den ehemaligen deutschen Fußballnationalspieler gedacht.

»Moment!« Hedda nahm erneut ihren Notizblock zur Hand. »Irgendwo habe ich die doch …«, murmelte sie, während ihre Augen die vollgekritzelten Zettel nach der elektronischen Adresse absuchten, die der Mitbegründer des Greetsieler Zeittalers ihr während des Interviews gegeben hatte. »Da ist sie ja!« Sie buchstabierte Karsten die E-Mail-Adresse.

»Alles klar! Habt ihr vielleicht auch noch eine Idee, wie ich meinen Trojaner so verpacken kann, dass er ihn auch anklickt?«

Wieder musste Hedda an Antje Grummers Worte denken. *›Der Greetsieler Zeittaler ist neben seinem Porsche wahrscheinlich das Wichtigste in seinem Leben.‹* »Er fährt einen alten Porsche …«

»Einen Porsche Targa, Baujahr 1973«, warf Enno schnell ein. Er hatte sich die genaue Bezeichnung des Sportwagens extra gemerkt.

Verwundert schaute Hedda ihren vor Stolz grinsenden Freund an. Dann beendete sie ihren Satz. »Neben dem Greetsieler Zeittaler ist dieser Oldtimer wohl das Wichtigste in seinem Leben. Ich denke, mit einem von diesen beiden Themen hast du die besten Chancen.«

»Alles klar! Und wenn das nicht klappt, kriegt er von mir noch eine Mail mit pornografischen Bildern. Das klappt bei älteren Männern eigentlich fast immer.«

***

Eine Stunde später standen Hedda und Enno vor der kleinen Gärtnerei von Raik Aden. Es war schon später Abend und die beiden hatten Glück, dass der Laden bis 19:30 Uhr geöffnet hatte. Auch hier fanden Sie im Schaufenster ein Schild mit einer durchgestrichenen Münze, neben der die Buchstaben ›G, Z, K und J‹ standen. Vor dem Gebäude parkte ein grüner Pick-up-Truck, auf dessen offener Ladefläche mehrere Gartengeräte und einige Pflanzen lagen.

Als sie das Geschäft durch die gläserne Eingangstür betraten, kündigte eine kleine Klingel ihr Eintreten an. Sie schauten sich um, aber außer einem Rasenmähroboter, der auf einer kleinen Kunstrasenwiese zu Vorführzwecken seine willkürlichen Bahnen zog, war niemand zu entdecken.

»Ich bin gleich bei Ihnen!«, rief plötzlich eine männliche, weit entfernt klingende Stimme.

Hedda schaute in die Richtung, aus der der Zuruf gekommen sein musste. An der Rückwand des Verkaufsraumes gab es eine weitere, offen stehende Tür. Sie ging darauf zu und warf einen Blick durch den Türrahmen. Ein liebevoll gepflasterter Weg führte in den langgezogenen Garten, der direkt hinter dem Laden lag. Rechts und links erstreckten sich Beete, die mit Blumen, Büschen und Gartendekorationen verziert waren. »Wow!« Der jungen Ermittlerin blieb vor Staunen der Mund offen stehen. Ein so hübsches Gartenarrangement hatte sie noch nie zuvor gesehen.

»Gefällt es Ihnen?«

Erschrocken zuckte Hedda zusammen. Eineinhalb Meter neben ihr kniete ein gutaussehender junger Mann mit Dreitagebart, der ihr beim Heraustreten in den Gartenbereich nicht aufgefallen war, da er sich direkt an der Rückseite des Gebäudes befand. In seinen erdverkrusteten Händen hielt er eine wunderschöne Blume mit blau-weißen Blütenblättern, die er jetzt behutsam in das zuvor ausgehobene Loch gleiten ließ.

»Bin fast fertig«, sagte er, füllte die Zwischenräume mit lockerer Erde auf und goss die Blume anschließend mit der bereitstehenden Gießkanne. Dann stand er auf, wischte sich die Hände an seiner dunkelgrünen Arbeitshose ab und kam direkt auf Hedda zu.

Seine strahlenden Augen passten perfekt zur Farbe seiner Hose und an seinen durchtrainierten Oberarmen konnte man sofort erkennen, dass er den Tag nicht nur mit dem Halten eines Kugelschreibers verbrachte. Schätzungsweise war er maximal zwei oder drei Jahre älter als Enno.

»Das sieht echt toll aus«, sagte Hedda und ließ ihren Blick dabei noch einmal über die komplette Außenanlage schweifen.

»Vielen Dank!« Das Lächeln des Gärtners entblößte ein paar strahlend weiße Zähne. »Suchen Sie eine bestimmte Pflanze?« Er schaute sich in seinen Beeten um. »Diese Rose würde beispielsweise wunderbar zu ihren bezaubernden grünen Augen passen.« Er machte ein paar Schritte auf die besagte Pflanze zu und streichelte mit seinen Fingern vorsichtig über die roten Blütenblätter.

Hedda hatte das Gefühl, als habe ihr Gesicht schlagartig die Farbe der Rosenblätter angenommen. *Flirtet der etwa mit mir?*

Wie aufs Stichwort betrat auch Enno den Außenbereich und stellte sich demonstrativ neben seine Freundin. »Moin!«, begrüßte auch er den jungen Gärtner. »Wir möchten gerne mit dem Inhaber des Ladens sprechen.« Da er den Flirtversuch des jungen Mannes mitbekommen hatte, klang seine Stimme ungewollt abschätzig.

»Der steht vor Ihnen.« Das Lächeln des Mannes wurde noch ein wenig breiter. »Raik Aden ist mein Name.« Grinsend streckte er Enno seine immer noch schmutzige Hand entgegen.

Von dieser Aktion überrascht, zuckte der zunächst zurück, ergriff dann aber doch die dargebotene Hand. »Otto Pichler«, stellte er sich mit seiner Scheinidentität vor. Dann erhöhte er spürbar den Händedruck. »Und das ist meine Verlobte, Jutta Müller.« Er schaute Hedda verliebt an. »Wir sind freie Journalisten und wollen einen Artikel über den Greetsieler Zeittaler schreiben.«

Die Gesichtszüge von Raik Aden verfinsterten sich. »Und was wollen Sie dann bei mir?«

»Wir wissen, dass Sie zu den Geschäftsleuten gehören, die sich gegen die Initiative stemmen. Wir wollen beide Seiten hören, um hinterher einen objektiven Artikel schreiben zu können.« Hedda neigte den Kopf zur Seite, schaute ihrem Gesprächspartner direkt in die Augen und versuchte, mit einem sanften Lächeln seine Sympathie zurückzugewinnen.

Doch Raik Aden schien plötzlich gegenüber ihrem Charme immun zu sein. »Ich weiß genau, warum Sie hier sind«, schnaufte er verächtlich. »Zu dem Thema habe ich nichts mehr zu sagen. Hinterher wird einem ja sowieso nur das Wort im Mund herumgedreht.« Entschlossen kehrte er den beiden vermeintlichen Journalisten den Rücken zu und begab sich in einen abgelegeneren Teil des Gartens, wo er sich an einem kleinen Busch zu schaffen machte. »In Greetsiel ist gerade eine Bande von Trickbetrügern aktiv, darüber sollten Sie lieber schreiben!«, schimpfte er.

Hedda rief ihm noch ein paar Mal etwas hinterher und versuchte, ihn von ihren ehrlichen Absichten zu überzeugen. Doch Raik Aden würdigte sie und Enno keines weiteren Blickes mehr. Als er dann auch noch anfing, demonstrativ mit der vor ihm befindlichen Pflanze zu sprechen, gaben die beiden Ermittler auf und verließen die Gärtnerei.

12. Kapitel

Hein Möllmann

Nach dem Reinfall in der Gärtnerei von Raik Aden machten sich Hedda und Enno gleich am nächsten Morgen auf den Weg zum nächsten Geschäftsmann, dessen Namen sie von Antje Grummer genannt bekommen hatten und der ebenfalls offen Stimmung gegen den Greetsieler Zeittaler machte. Hein Möllmann führte einen Hausmeisterservice, der nahezu alles anbot, sofern sich damit Geld verdienen ließ. Auf den beiden großen Schaufensterscheiben seines Ladenlokals war eine Auswahl seiner potentiellen Dienstleistungen zu lesen.

»Gehwegreinigung, Winterdienst, Müllentsorgung, Entrümpelung, Aufbau und Abbau von Möbeln, Montage von Deckenleuchten, Transport sperriger Gegenstände, Reparatur von Fahrrädern, Verleih von Bierzeltgarnituren und Partyzelten, Umzugsservice und so weiter und so fort«, las die junge Ermittlerin laut vor. »Der macht ja wirklich fast alles.«

»Und ein GZKJ-Schild hat er auch im Schaufenster.« Enno zeigte auf die kleine Schiefertafel, die durch das stark beschriftete Schaufenster jedoch kaum ins Auge fiel. »Ist aber schon ein wenig scheinheilig, findest du nicht?«

»Was meinst du?« Hedda schaute Enno fragend an.

»Er ist gegen den Service des Greetsieler Zeittalers, weil er den Geschäftsleuten angeblich Konkurrenz macht, aber selber bietet er so viele verschiedene Dienstleistungen an, dass er doch auch vielen Handwerksfirmen in der Region die Aufträge streitig macht!«

Als sie die Tür zum Laden öffnen wollten, stellten sie fest, dass diese verschlossen war. Enno machte einen Schritt zurück und studierte das Schild mit den Öffnungszeiten. Anschließend warf er einen skeptischen Blick auf seine Armbanduhr. »Komisch, eigentlich müsste jemand da sein.« Er stellte sich direkt vor die Scheibe, legte seine Hände als Schutz vor der spiegelnden Sonneneinstrahlung an die Schläfen und versuchte, einen Blick ins Innere zu werfen.

Hedda drehte sich währenddessen um und sprach eine Passantin an, die mit ihrem Hund gerade einen Spaziergang machte.

»Entschuldigen Sie bitte. Wissen Sie, warum der Laden geschlossen ist?«

Die Frau blieb stehen, musterte sie kurz und schaute dann zu beiden Richtungen die Straße entlang. Als sie sich sicher war, dass niemand sonst sich in Hörweite befand, beantwortete sie die Frage. »Der Inhaber führt den Laden ganz alleine. Wenn er gerade bei Kunden ist, schließt er deshalb einfach ab«, sagte sie mit einem Kopfschütteln. »Früher stand immer seine Frau im Laden, hat seine Termine organisiert und die Rechnungen geschrieben. Aber seit sie ihn verlassen hat, ist der arme Kerl total überfordert.«

Trotz des bedauernden Gesichtsausdruckes, den die Hundehalterin aufgesetzt hatte, konnte man ihr ansehen, dass sie offenbar große Freude daran hatte, den aktuellsten Tratsch über andere Leute zu verbreiten. Dabei schien es ihr auch vollkommen egal zu sein, dass sie die beiden jungen Leute, denen sie ungefragt Details über das Privatleben von Hein Möllmann berichtete, noch nie zuvor gesehen hatte.

Eigentlich mochte Hedda solche Menschen nicht sonderlich, aber sie war der Meinung, dass diese unangenehme Eigenschaft bei ihren Ermittlungen vielleicht ausnahmsweise mal ganz hilfreich für sie sein könnte. »Ach herrje, der Arme«, stieg sie daher in das Spiel mit ein. Fast schon theatralisch legte sie die Hände an ihre Wangen. Dann stellte sie eine Frage, von der sie gedacht hätte, dass sie diese niemals einer wildfremden Person stellen würde. »Wissen Sie, warum seine Frau ihn verlassen hat?«

Fassungslos schaute Enno seine Verlobte an. Hatte sie das etwa wirklich gerade gesagt? Doch das Funkeln in den Augen der auskunftsfreudigen Dame verriet ihm, dass sie nur auf eben diese Frage gewartet hatte.

»Die hat sich einen Typen gesucht, der mehr Geld hat. Seit der Laden nicht mehr richtig läuft, ist ihr Mann ja nicht mal mehr mit ihr in den Urlaub gefahren.« Sie machte ein Gesicht, als wäre es für sie unvorstellbar, ein ganzes Jahr lang nur an einem einzigen Ort zu verbringen.

»Ey!«, ertönte plötzlich eine laute, aggressiv klingende Männerstimme.

Erschrocken zuckten die drei zusammen.

Ein schlanker Mann mit Halbglatze und Brille steuerte schnellen Schrittes auf sie zu. »Dein Hund kackt gerade direkt vor meinen Laden!«

Die Tratschtante warf einen flüchtigen Blick zu ihrem Vierbeiner, der tatsächlich gerade direkt unter einem der Schaufenster sein Häufchen machte. »Das macht er doch nicht mit Absicht«, keifte sie zurück.

An der eisigen Atmosphäre war sofort zu merken, dass sich hier keine langjährigen Freunde miteinander unterhielten. Ganz im Gegenteil – die gegenseitige Antipathie war deutlich zu spüren.

»Der Hund macht das vielleicht nicht mit Absicht, aber dir traue ich zu, dass du extra so lange vor dem Laden stehen geblieben bist, bis dein dummer Köter gar nicht mehr anders konnte, als genau dort hinzumachen.« Mit ausgestrecktem Arm zeigte er auf das Stoffwechselendprodukt vor seinem Laden. »Mach das sofort weg!«

Schockiert machte die Frau eine abwehrende Geste mit ihren Händen. »Ich werde das doch nicht selber …« Angewidert rümpfte sie die Nase. Dann kramte sie ihr Portemonnaie aus der Handtasche, fischte einen Zehn-Euro-Schein heraus und warf ihn dem aufgebrachten Ladenbesitzer vor die Füße. »Hier«, sagte sie abschätzig. »Ich beauftrage dich, diesen Gehweg zu reinigen.« Sie zeigte auf die entsprechende Dienstleistung, die ja in großen Buchstaben an der Schaufensterscheibe klebte. »Der Rest ist Trinkgeld. Komm, Stella, wir gehen!« Mit einem leichten Ruck an der Leine gab sie dem Vierbeiner das Zeichen, sich wieder in Bewegung zu setzen.

»Unverschämtheit«, sagte Enno, halb zu sich, halb zu dem Ladenbesitzer. Dass der Mann sich im selben Moment hinunterbeugte, um den Geldschein vom Boden aufzuheben, irritierte ihn jedoch irgendwie. Er hätte eher erwartet, dass er die Hundehalterin lautstark beschimpfen oder vielleicht sogar am Weggehen hindern würde.

Stattdessen steckte der Mann nur den Zehn-Euro-Schein in die Gesäßtasche seiner Jeans, holte aus der Seitentasche einen Schlüssel heraus und schloss damit die Ladentür auf. »Wollten Sie zu mir?«, wandte er sich an das junge Paar, als habe es den vorherigen Streit überhaupt nicht gegeben.

»Ja«, antwortete Hedda einsilbig. Auch sie wusste nicht so recht, was sie von dem eben Erlebten halten sollte.

Die beiden Ermittler folgten dem Allround-Unternehmer in seinen Laden, der jedoch im Inneren eher einem unaufgeräumten Büro ähnelte. Auf einem zugemüllten Schreibtisch standen mehrere benutzte Becher. Papiere lagen auf der gesamten Arbeitsfläche verstreut.

»Ich bin gleich wieder bei Ihnen.« Mit einem Kehrblech und einer kleinen Schaufel bewaffnet ging er wieder nach draußen. Durch die Scheibe konnte Hedda beobachten, wie er vor dem Schaufenster in die Hocke ging und anschließend mit dem Hundehaufen auf dem Kehrblech zu einem nahegelegenen öffentlichen Mülleimer lief. Als er zurück in den Laden kam, warf er das kotverschmierte Kehrblech und die ebenfalls beschmutzte Schaufel einfach in einen großen Mörtelkübel, der rechts neben der Tür stand und bereits einige schmutzige Hilfsmittel beinhaltete. »Also, was kann ich für Sie tun?«

Hedda hielt es für besser, ihn nicht auf die Szene vor dem Laden oder seine abtrünnige Ehefrau anzusprechen. Die Chance, hierzu noch etwas von ihm zu erfahren, schätzte sie als äußerst gering ein. Daher kam sie gleich zur Sache. »Sind Sie Hein Möllmann, der Besitzer dieses …«, sie stockte kurz, wusste nicht genau, wie sie den Ort bezeichnen sollte, an dem sie gerade stand.

»Jo, das ist mein Hausmeisterservice«, kam ihr der Ladenbesitzer selbst zu Hilfe. So wie er das sagte, schien er wirklich stolz auf sein kleines Unternehmen zu sein.

»Wir sind freie Journalisten und wollen einen Artikel über den Greetsieler Zeittaler schreiben«, erklärte Hedda den Grund ihres Besuches.

»Und uns ist es dabei sehr wichtig, auch die Gegner der Initiative zu Wort kommen zu lassen«, ergänzte Enno noch schnell.

Hein Möllmann schaute die beiden schweigend an.

»Würden Sie uns vielleicht ein paar Fragen beantworten?« Hedda hielt seinem Blick stand, wusste mit seiner ausbleibenden Reaktion jedoch nichts anzufangen. Der Mann stand nahezu regungslos vor ihnen und schaute abwechselnd jeweils einen von ihnen an.

Nachdem Hedda ihre Frage noch zwei weitere Male, mit leicht abgewandelten Formulierungen wiederholt hatte, legte Enno ihr eine Hand auf die Schulter. »Komm, lass uns gehen! Der will genauso wenig mit uns reden, wie Raik Aden.« Behutsam schob er seine Verlobte Richtung Ausgang.

»Ich weiß, warum Raik nicht mit Ihnen sprechen wollte«, sagte Hein Möllmann plötzlich, kurz bevor die beiden vermeintlichen Reporter sein Geschäft verlassen konnten.

13. Kapitel

Racheaktionen

Verblüfft blieben Hedda und Enno auf der Türschwelle stehen. Sie hatten nicht damit gerechnet, dass Hein Möllmann noch etwas zu ihnen sagen würde, nachdem er sie fast zwei Minuten lang schweigend angestarrt und sämtliche Fragen stumm ignoriert hatte. Jetzt hatten beide jedoch auf einmal das Gefühl, dass der Kleinunternehmer ihnen doch noch etwas mitzuteilen hatte.

»Und verraten Sie uns auch den Grund?«, wollte Enno im genervten Tonfall wissen. »Oder schweigen Sie uns gleich wieder an?«

Tatsächlich schienen die Lippen von Hein Möllmann plötzlich wieder wie versiegelt, aber seine Augen waren dafür auf einmal besonders aktiv. Mehrfach zuckten seine Blicke zwischen den beiden Ermittlern und dem Mörtelkübel hin und her, in den er eben noch das mit Hundekot verschmierte Kehrblech geworfen hatte. Seine Augenbrauen wippten dazu auffordernd im Takt auf und ab.

Der ehemalige Polizist winkte bereits ab und wandte sich auf der Türschwelle zum Gehen, als Hedda plötzlich ein Licht aufging. »Wir würden Sie für Ihre Unterstützung selbstverständlich auch bezahlen«, sagte sie.

»Ach, wirklich?«, tat Hein Möllmann überrascht. »Ich hätte Ihnen selbstverständlich auch so Rede und Antwort gestanden, andererseits verdienen Sie ja mit meinen Informationen auch gutes Geld. Schließlich werden Sie den fertigen Artikel sicher nicht kostenlos an die Zeitungen verteilen, oder?« Provozierend grinsend schob er seine Brille mit dem Zeigefinger die Nasenwurzel hoch. »So gesehen, scheint mir eine kleine Aufwandsvergütung durchaus angemessen zu sein.« Auffordernd streckte er Hedda die flache Hand entgegen.

Die nahm ihr Portemonnaie zur Hand, nahm einen Zwanziger heraus und legte den Geldschein auf Hein Möllmanns Handinnenfläche.

Skeptisch schaute der auf den schon etwas mitgenommen Schein. »Als Journalist verdient man heute wohl auch nicht mehr so gut, was?«

Am liebsten hätte Enno ihrem arroganten Gesprächspartner das Geld sofort wieder aus der Hand gerissen und wäre mit Hedda einfach abgehauen. *Wer weiß, ob der überhaupt Informationen hat, die auch nur einen Euro wert sind*, dachte er misstrauisch.

Doch im selben Moment hatte die junge Ermittlerin bereits einen weiteren Geldschein gezückt. Dieses Mal war er nicht blau, sondern grün.

»Spinnst du!«, protestierte Enno. Er machte einen Satz nach vorne, um die Transaktion im letzten Moment noch zu verhindern.

Doch Hein Möllmann hatte mit der Geschicklichkeit eines Zauberkünstlers die beiden Geldscheine sofort in der Gesäßtasche seiner Jeans verschwinden lassen. »Ich glaube, Sie werden es nicht bereuen. Ich habe wirklich explosive Informationen für Ihren Artikel.«

»Das will ich auch hoffen«, schnaufte Hedda wütend. Warum sie ihrem unverfrorenen Interviewpartner ohne lange nachzudenken einen vollkommen überzogenen Nachschlag zugesteckt hatte, verstand sie jetzt selbst nicht mehr. *Jetzt rede ich nicht nur, bevor ich nachdenke, sondern handle auch noch vollkommen unüberlegt*, ärgerte sie sich über sich selbst.

Hein Möllmann wollte gerade anfangen zu reden, als er plötzlich nachdenklich wurde und innehielt. »Sie werden doch niemandem sagen, von wem sie diese Informationen haben?«

»Nein, werden wir nicht«, nahm Enno ihm seine Befürchtung. »Ansonsten müssten wir ja auch zugeben, dass wir Ihnen einen vollkommen irren Preis dafür bezahlt haben.« Er spielte immer noch mit dem Gedanken, sein Gegenüber zu überwältigen und sich Heddas Geld zurückzuholen.

»Nun packen Sie endlich aus!«, wurde nun auch Hedda ungeduldig.

»Ist ja schon gut!« Wie ein Western-Ganove hob er sich ergebend die Hände empor. »Also, Raik wollte nicht mit Ihnen sprechen, weil er schon einmal einem Reporter über die Vorfälle berichtet hat, die sich hier in Greetsiel ereignet haben und die mit dem Greetsieler Zeittaler in Verbindung gebracht wurden.«

»Was für Vorfälle?«, wollte Enno wissen.

»Innerhalb von vierundzwanzig Stunden wurde bei Sandro Prause und Eddy Heinrich ...« Er machte eine kurze Pause, in der er die beiden vermeintlichen Journalisten kurz anschaute. »Das sind die Macher hinter dem Projekt Zeittaler.«

»Wir wissen, wer das ist«, kommentierte Hedda genervt. Sie wartete immer noch auf die spannende Information, für die sie immerhin einhundertzwanzig Euro hingeblättert hatte.

»Bei den beiden wurden die Gärten verwüstet, die Scheiben verdreckt und irgendjemand hat die Kleidungsstücke auf der Wäscheleine mit einer Schere bearbeitet.« Ein schadenfrohes Grinsen machte sich auf dem Gesicht von Hein Möllmann breit.

»Wann war das genau?«, fragte Enno.

»Das ist schon ein wenig her. Kurz vor Eddys Tod würde ich sagen.«

Hedda wurde hellhörig. Waren die Informationen ihres unverschämten Interviewpartners etwa doch ihr Geld wert?» Und warum wurde dieser Presseartikel für Raik Aden zum Problem?«, stellte Hedda eine Verständnisfrage.

»Der Bericht, der nach seinem Interview erschien, war so aufgebaut, dass die Verwüstungen als geplante Racheaktion derer interpretiert werden konnten, die gegen den Greetsieler Zeittaler waren. Raik wurde in dem Bericht zudem namentlich erwähnt. Seitdem hält sich in Greetsiel hartnäckig das Gerücht, er könne etwas damit zu tun haben.«

»Hat er aber nicht?«, wollte Enno wissen.

»Nö.«

»Wie ›Nö‹?« Genervt stemmte Enno die Fäuste in die Seite. »Für einhundertzwanzig Euro können wir ja wohl wenigstens einen vollständigen Satz erwarten.«

»Nö, er war es nicht.« Wieder erstrahlte ein provokantes Grinsen auf dem Gesicht des Allround-Unternehmers.

Enno spürte, wie er die Kontrolle über seine Aggressionen verlor. Am liebsten hätte er seinen Gesprächspartner am Kragen gepackt und die Informationen aus ihm herausgeschüttelt.

»Gibt es nachprüfbare Beweise dafür, dass er es nicht war?«, ergriff Hedda schnell das Wort, nachdem auch sie die überkochende Wut in den Augen ihres Freundes bemerkt hatte.

»Nein, aber es gibt einen sehr vertrauenswürdigen Zeugen, der zur Tatzeit mit ihm zusammen gewesen ist«, antwortete Hein Möllmann und zog dabei das Wort ›sehr‹ extrem künstlich in die Länge.

Angespannt presste Enno die Zähne aufeinander. »Lassen Sie mich raten. Dieser Zeuge sind nicht zufällig Sie?«

»Exakt!« Der Einzelunternehmer applaudierte theatralisch. »Sie sind ja gar nicht so …« Scheinbar von sich selbst schockiert, schlug er sich die Hand vor den Mund, bevor er aussprechen konnte, was für alle Anwesenden offensichtlich war.

»Jetzt reicht's!«, rief Enno energisch. »Geben Sie uns sofort unser Geld zurück!«

»Warum sollte ich das tun?«

»Weil Sie uns nur Dinge erzählt haben, die bereits in der Zeitung gestanden haben und keinesfalls die versprochenen explosiven Informationen.« Der ehemalige Polizist streckte jetzt seinerseits auffordernd die Hand aus.

Trotz der aufgeheizten Stimmung blieb Hein Möllmann betont gelassen. »Die Informationen sind zwar per se nicht neu, aber für Sie beide waren sie es schon. Ich hatte jedenfalls nicht den Eindruck, als hätten Sie bereits davon gewusst.« Er bedachte die beiden mit einem süffisanten Grinsen. »Schlechte Vorbereitung, würde ich sagen.«

Hedda konnte Enno, der die Faust schon halb erhoben hatte, gerade noch zurückhalten. »Komm, wir gehen! Der Typ ist den Ärger nicht wert«, versuchte sie ihn zu beruhigen.

»Das wird Ihnen noch leidtun!«, wütete Enno, während seine Freundin ihn mit immer größerem Kraftaufwand zurückhalten musste. Er dachte dabei an das Dokument, das er auf dem unaufgeräumten Schreibtisch von Hein Möllmann entdeckt hatte und nun huschte auch ihm ein feistes Grinsen über das Gesicht.

14. Kapitel

Der Pilsumer Leuchtturm

Auch ein paar Minuten nach dem Besuch bei Hein Möllmann war Enno noch immer total aufgewühlt. »So ein verdammter Drecksack. Für Geld würde der wahrscheinlich sogar seine Mutter verkaufen«, schimpfte er vor sich hin, während sie gemeinsam zurück zu ihrer Ferienwohnung gingen.

»Was hältst du davon, wenn wir uns ein wenig ablenken und zum Nachdenken nach Pilsum fahren?«, schlug Hedda vor. Kurz zuvor waren vor ihrem inneren Auge die Bilder ihres übermütigen Freundes aufgetaucht, wie er um die kleine Nachbildung des berühmten Leuchtturms herumgehüpft war.

Nur kurze Zeit später parkten sie Ennos alten Polo auf dem Besucherparkplatz und gingen, am Fuß des Deiches entlang, auf den rot-gelb geringelten Touristenmagneten zu. Als sie die Treppenstufen, die zum Fuße des Leuchtturms führten, hinaufstiegen, schlug ihnen der salzige Nordseewind kräftig ins Gesicht.

»Das war wirklich eine gute Idee von dir«, sagte Enno, blieb kurz stehen, schloss die Augen und atmete die frische Meeresluft tief ein.

Hedda stellte sich neben eines der Stahlgitter, die direkt neben dem Leuchtturm montiert worden waren und an denen verliebte Paare ein Vorhängeschloss mit ihren Namen anbringen konnten. »Schau mal!«, rief sie aufgeregt, nachdem sie bereits einige Namenskombinationen gelesen hatte.

»Was ist denn?« Enno drehte sich zu ihr um. Er hatte die ganze Zeit über aufs Meer hinaus gestarrt.

»Sieh dir mal die Namen an!« Vorsichtig hob Hedda ein dunkelblaues Vorhängeschloss an, um ihrem Freund so zu zeigen, welches der vielen Schlösser sie meinte.

»Jutta und Otto«, las Enno laut vor. »Unsere Tarnnamen. Das ist ja witzig.«

»Und jetzt schau mal aufs Datum.«

Nachdenklich legte Enno die Stirn in Falten. Er konnte mit den Zahlen nicht sofort etwas anfangen.

»Das ist der Tag, an dem uns Jörg im Riesenrad aufgelauert hat. Quasi der Beginn unserer Tätigkeit für die Geheimeinheit«, half die junge Ermittlerin ihrem Verlobten auf die Sprünge.

»Das könnte sein«, murmelte Enno nachdenklich. Er versuchte, sich an das genaue Datum ihres ersten gemeinsamen Urlaubs in Norddeich zu erinnern. Präzise Zeitangaben zählten jedoch noch nie zu seinen Stärken.

»Das könnte nicht nur sein, das ist so«, schmunzelte Hedda, die die Schwäche ihres Freundes natürlich kannte. Sie schlang ihre Hände um seine Hüften, zog ihn dicht an sich heran und küsste ihn innig.

Anschließend versuchten sie, noch ein paar Erinnerungsfotos zu schießen, auf denen der Leuchtturm möglichst in voller Größe zu sehen war, man gleichzeitig aber auch erkennen konnte, wer dort neben dem imposanten Gebäude posierte. Eine schwierige Aufgabe, da der Turm immerhin stolze zwölf Meter in die Höhe ragte.

Nachdem Hedda letztlich mit Hilfe einer netten Touristin sogar ein gemeinsames Bild von sich und Enno auf der Speicherkarte ihres Smartphones verewigt hatte, wandte sie sich erneut der Nordsee zu und ließ sich den Wind ins Gesicht pusten.

Enno drückte sich von hinten an seine Freundin heran, schlang seine Arme um sie, legte sein Kinn auf ihrer Schulter ab und gab ihr einen Kuss auf die Wange. »Danke«, flüsterte er ihr ins Ohr, während er an ihr vorbei aufs Wasser schaute.

»Dafür nicht.« Die junge Ermittlerin musste nicht fragen, wofür er sich bei ihr bedankt hatte. Sie wusste genau, was er in diesem Moment dachte. Sie hatte das Gefühl, dass ihr kleiner Ausflug definitiv zu einer Abkühlung seiner Aggressionen beigetragen hatte. »Was hast du eigentlich damit gemeint, als du zu Hein Möllmann gesagt hast, es werde ihm noch leidtun?« Sie neigte den Kopf zur Seite und versuchte aus dieser Position heraus ihrem Freund in die Augen zu schauen.

»Stimmt ja, das habe ich dir noch gar nicht erzählt.« Durch seinen Ärger über Hein Möllmann und die Fahrt nach Pilsum hatte Enno seinen Fund kurzzeitig glatt vergessen. »Vielleicht müsste unser provokanter Hausmeister auch die Dienstleistung ›Mord‹ auf seine Schaufensterscheibe kleben lassen.«

»Wie kommst du denn darauf?«

»Du meinst, mal abgesehen davon, dass ich den Typen wirklich nicht leiden kann und ich ihm daher nur allzu gerne die Tat anhängen würde?« Bei dieser Vorstellung huschte ein zufriedenes Grinsen über Ennos Gesicht.

»Ich fand ihn auch sehr unangenehm. Aber das allein macht ihn doch nicht zum Mordverdächtigen.«

»Natürlich nicht. Aber das Dokument, das ich auf seinem Schreibtisch gefunden habe, tut es vielleicht.« Enno gefiel es, sie auf die Folter zu spannen und nur sukzessive mit kleinen Informationshäppchen zu füttern.

»Was hast du gesehen?« Hedda wand sich aus seinen Armen und schaute ihm jetzt direkt in die Augen. Sie wusste genau, dass er sie nur auf die Folter spannen und ärgern wollte. Schließlich wusste keiner besser als er, wie ungeduldig sie war.

»Ich habe nicht nur etwas gesehen, ich habe es sogar fotografiert.« Nur mit großer Mühe konnte Enno sein aufkommendes Lachen unterdrücken.

»Wann hast du das denn gemacht?«

»Na, als der Typ draußen war, um die Hundescheiße wegzumachen. Anstatt sinnlos aus dem Fenster zu starren, bin ich halt meiner Spürnase gefolgt«, provozierte er sie weiter.

»Enno Frerichs«, sagte Hedda in gespielt ernstem Ton. »Wenn du mir nicht sofort das Foto zeigst, bestrafe ich dich mit einer Woche Sex-Entzug.«

Das Lachen, das Enno schon die ganze Zeit über krampfhaft zurückhalten musste, platzte jetzt förmlich aus ihm heraus. »Bleibt nur die Frage, …« Wegen eines lauten Lachanfalls musste er sich unterbrechen. »Bleibt nur die Frage, …«, setzte er erneut an, nachdem er sich einigermaßen gefangen hatte, »… für wen von uns das die härtere Strafe ist.«

»Lass es lieber nicht darauf ankommen«, drohte Hedda schmunzelnd.

»Na gut«, gab Enno sich geschlagen. Er zog sein Smartphone aus der Hosentasche, öffnete die Galerie, wählte das Beweisfoto aus und zeigte es seiner Freundin.

»Das ist interessant. Vielleicht hast du mit deinem Verdacht wirklich recht!«

15. Kapitel

Das erste Motiv

Auf der Rückfahrt von Pilsum nach Greetsiel diskutierten sie die ganze Zeit über den Schuldschein, den Enno auf dem Schreibtisch gefunden hatte. Die Zahlungsverpflichtung war an einem Computer verfasst, ausgedruckt und von Hein Möllmann sowie Eddy Heinrich unterschrieben worden. Mit einer Büroklammer war zudem ein kleiner Notizzettel, auf dem mit Kugelschreiber ein weiterer Name notiert worden war, an das Dokument geheftet worden.

»Wenn die Unterschrift von Eddy Heinrich wirklich echt ist, dann hat Hein Möllmann ihm kurz vor seinem Tod achttausend Euro geliehen«, fasste Hedda noch einmal zusammen.

»Nehmen wir einfach mal an, die Unterschriften und der Schuldschein sind echt«, begann Enno laut nachzudenken. »Dann bliebe doch immer noch die Frage, warum unser Allround-Hausmeister ihn bereits wenige Tage nach der Unterschrift getötet haben sollte.« Je mehr er darüber nachdachte, umso weniger glaubte er noch daran, dass das Schriftstück geeignet war, Hein Möllmann ein Mordmotiv zu unterstellen.

»Stimmt, dass macht wenig Sinn«, sah auch Hedda ein. »Zumal auf dem Dokument ja auch kein Rückzahlungsdatum angegeben ist. Es ist also unwahrscheinlich, dass sich unser Toter bereits im Zahlungsrückstand befand und es deshalb einen Streit zwischen den beiden gegeben hat, der eskaliert sein könnte.«

Nachdenklich schaute Enno auf die vor ihm liegende Fahrbahn, während seine Verlobte gedankenverloren aus dem Seitenfenster starrte. Beide dachten in diesem Moment darüber nach, ob der relativ geringe Betrag auch der Auslöser für Eddy Heinrichs Suizid gewesen sein könnte. Doch auch diese Option erschien ihnen wenig wahrscheinlich.

»Da glaube ich eher, dass unser Toter sich das Geld geliehen hat, im vollen Bewusstsein darüber, dass er es nach seinem Freitod nicht mehr würde zurückzahlen können«, sprach Enno seine Gedanken schließlich laut aus.

»Dann wäre natürlich interessant zu wissen, was er mit dem geliehenen Geld gemacht hat«, entgegnete Hedda. »Vielleicht weiß ja die Frau von dem Zettel etwas.« Sofort griff sie nach Ennos Handy, das in der Mittelkonsole des Wagens lag, öffnete erneut das Foto und zoomte den angehefteten Notizzettel heran. Dann wechselte sie in den Browser, gab dort den Namen der Unbekannten und den Ortsnamen Greetsiel in die Suchmaschine ein.

»Und?«, fragte Enno ungeduldig. »Hast du schon jemanden gefunden?«

»Laut Telefonbuch gibt es nur eine Greetsielerin, die den Namen Ailke Rosenboom trägt. Sie ist gleichzeitig auch die Inhaberin eines örtlichen Reisebüros.«

***

Das kleine Reisebüro mit dem vielversprechenden Namen ›Reisetraum‹ lag nur wenige hundert Meter von dem Ladenlokal von Hein Möllmann entfernt. Während der Fahrt hatten Enno und Hedda sich darauf verständigt, sich als reisewilliges Pärchen auszugeben. Sollte sie die Inhaberin des Reisebüros jetzt oder später als Reporter-Duo erkennen, konnten sie immer noch behaupten, neben der Recherche halt auch ein paar private Angelegenheiten erledigen zu wollen. Gegenüber Antje Grummer hatten sie ja schließlich auch schon eingestanden, nicht nur beruflich miteinander verbunden zu sein.

Auf den letzten Metern zum Reisebüro gingen sie noch einmal ihre Gesprächstaktik durch. Beide waren sich im Klaren darüber, dass es nicht leicht werden würde, über das Reisethema auf den Tod von Eddy Heinrich beziehungsweise den Schuldschein, an dem zufälligerweise auch noch der Name von Ailke Rosenboom hing, zu sprechen zu kommen.

Als Erstes fiel Hedda auf, dass im Schaufenster des Reisebüros kein GZKJ-Schild zu sehen war. Die Inhaberin schien nicht zu den offensichtlichen Gegnern des Greetsieler Zeittalers zu gehören. *Die Urlaubsberatung lässt sich wahrscheinlich nicht so leicht ersetzen wie das Fensterputzen oder das Wäschewaschen*, überlegte sie.

Enno hingegen betrachtete die schönen Reklameposter in den Schaufenstern, die wohl in jedem die Sehnsucht nach Sonne, Meer oder den Bergen weckte. Ein Strandmotiv der Insel Mauritius hatte es ihm dabei besonders angetan. *Ob Hedda und ich dorthin unsere Hochzeitsreise machen könnten?* Verträumt griff er nach der Hand seiner Verlobten und stellte sich dabei vor, dass er gerade mit ihr an diesem Strand steht und sie gemeinsam auf den Indischen Ozean hinausschauen.

Händchenhaltend betraten sie das Reisebüro, das auf den ersten Blick verwaist zu sein schien. Neben unzähligen Prospekten und Postern von Urlaubszielen auf der ganzen Welt, gab es in dem kleinen Geschäftsraum nur noch einen Schreibtisch, der mit einem PC und einem Telefon ausgestattet war. Zwei nicht sonderlich bequem aussehende Stühle waren so platziert worden, dass die reisewillige Kundschaft gemeinsam mit der Beraterin auf den großen Monitor schauen konnte.

Hinter einer geschlossenen Zimmertür hörten die beiden Ermittler leise Knurr- und Kratzgeräusche. Heddas Fantasie lief wieder einmal Amok. Wollte das arme Tier auf sich aufmerksam machen, weil sein Frauchen ohnmächtig oder verletzt im Nebenraum lag? Oder war es vielleicht sogar Ailke Rosenboom selbst, die sich mit letzter Kraft zur Tür geschleift hatte, und jetzt völlig entkräftet vor der Türschwelle lag? Sie schüttelte sich, redete sich ein, dass es mit Sicherheit eine ganz logische Erklärung für das verwaiste Reisebüro gab. Aber das ungute Gefühl wollte einfach nicht verschwinden. Sie löste ihre Hand aus Ennos und steuerte direkt auf die Tür zu.

»Was hast du vor?«, fragte Enno verwundert.

Die junge Ermittlerin presste die Türklinke herunter.

»Du kannst doch nicht einfach …«

Doch da hatte Hedda die Tür bereits geöffnet. Ein kleiner Hund stürzte ihr entgegen und begann sofort laut zu kläffen. Aber Hedda hatte keine Augen für den aufgeregten Vierbeiner. Ihre gesamte Aufmerksamkeit galt einzig und allein dem, was innerhalb des kleinen Nebenzimmers vor sich ging. Vor lauter Schreck schlug sie reflexartig die Tür wieder zu.

16. Kapitel

Ailke Rosenboom

»Ist das nicht der kleine Hund, der bei Hein Möllmann direkt vor den Laden gemacht hat?«, fragte Enno. Er beugte sich zu dem energisch bellenden Pudel hinunter und streckte seine Hand nach ihm aus. Er war so sehr damit beschäftigt, das aufgeregte Hündchen zu besänftigen, dass er überhaupt nicht bemerkte, wie Hedda sich rückwärts in Richtung Ausgang bewegte. Auch die weibliche Stimme, die durch die geschlossene Tür hindurch mit ihnen zu sprechen versuchte, nahm er aufgrund des lauten Gebells nicht wahr.

»Wir müssen hier schnell weg«, zischte die junge Ermittlerin ihrem Freund zu.

Erst jetzt bemerkte er, dass Hedda in dem Nebenzimmer mehr gesehen haben musste als nur einen Hund. Sie machte plötzlich auf ihn einen total verunsicherten Eindruck. »Was ist denn los?«

In diesem Moment ertönte aus dem Nebenraum das röhrende Geräusch einer Klospülung. Verdutzt schaute Enno auf die immer noch geschlossene Tür. Jetzt bemerkte er auch die Frauenstimme, die immer noch mit ihnen zu sprechen schien. »Da ist ja noch jemand drin.« Verblüfft schaute er seine Freundin an.

Hedda stand indes immer noch auf der Türschwelle und war sich unsicher, ob sie nun bleiben oder einfach fluchtartig davonrennen sollte. Sie fühlte sich wie eine dieser Ziegen, bei denen vor Schreck sämtliche Muskeln verkrampften, weshalb sie in diesem Zustand unfähig zur Flucht waren.

Die Tür schwang auf und eine Frau, die den beiden Ermittlern bereits bekannt war, betrat den Raum. Es war eben die Hundehalterin, die Hein Möllmann zehn Euro gegeben hatte, damit er den Hundehaufen ihres Vierbeiners entfernte. Dieselbe Frau, die offensichtlich eine Abneigung gegen den vielseitigen Kleinunternehmer hatte.

Im Gegensatz zu Hedda schien sie die überraschende Begegnung auf der Toilette nicht besonders mitgenommen zu haben. Freundlich lächelnd und ohne ein Gefühl des Unbehagens begrüßte sie ihre neuen Kunden. Dann packte sie ihren immer noch vor sich hin kläffenden Liebling am Halsband und zerrte den Hund, der trotz der ungleichen Kräfteverhältnisse energischen Widerstand leistete, in die Ecke des Raumes, in der ein weich ausgepolstertes Hundekörbchen stand. »Stella, bleib!«, ermahnte sie den Vierbeiner im strengen Befehlston. Dann wandte sie sich erneut Hedda und Enno zu. »Ich hätte abschließen sollen, aber in all den Jahren ist noch nie ein Kunde auf die Idee gekommen, einfach so die Tür zu öffnen«, lachte sie, jetzt doch etwas verlegen.

»Ich hatte mir nur Sorgen gemacht … Ich dachte, weil Ihr Hund doch …«, begann Hedda sich zu erklären, wurde aber sofort von der redefreudigen Frau unterbrochen.

»Ist doch nicht schlimm«, lachte sie und machte eine wegwerfende Handbewegung. »Wir Mädels gehen doch sowieso immer gemeinsam aufs Klo.« Auf einen Lacher wartend, schaute sie Hedda erwartungsfroh an. Als die gewünschte Reaktion jedoch ausblieb, prustete sie einfach selber los. »Wenn Ihr Mann in meine Pipipause hineingeplatzt wäre, hätte ich mich sicherlich mehr erschrocken.« Sie schaute Enno mit einem schmachtenden Blick an, der Hedda überhaupt nicht gefiel.

»Wir sind nicht verheiratet«, entgegnete Enno.

»Noch nicht!«, ergänzte Hedda schnell, machte zwei Schritte nach vorne, stellte sich wieder neben ihren Verlobten und ergriff demonstrativ seine Hand. Bereits im nächsten Moment schämte sie sich für ihre Reaktion. *Als ob eine Frau im mittleren Alter eine Gefahr für unsere Beziehung sein könnte. Als ob irgendeine Frau unserer Liebe je gefährlich werden könnte.* Nach all den Eifersuchtsattacken der letzten Monate hatte sie sich fest vorgenommen, sich aufkommende Gefühle dieser Art sofort zu untersagen. Verliebt schaute sie Enno von der Seite an. »Wir wollen bei Ihnen gerne unsere Hochzeitsreise buchen.« Sie wollte den peinlichen Moment einfach vergessen und wieder zum ursprünglichen Plan zurückkehren.

Die Augen der attraktiven Mittfünfzigerin begannen zu leuchten. »Da sind Sie bei mir genau richtig«, sagte sie und streckte ihnen nacheinander die Hand entgegen. »Ich bin Ailke Rosenboom, die Inhaberin dieses exklusiven Reisebüros. Nehmen Sie doch bitte Platz!« Sie wies auf die bereitstehenden Stühle und begab sich selbst auf ihre Seite des Schreibtisches.

Während die beiden Frauen einen kurzen Smalltalk über

Brautkleider, Eheringe und Hochzeitszeremonien hielten, dachte Enno angestrengt darüber nach, wie er das Gespräch auf Hein Möllmann und den Schuldschein bringen könnte.

»Also«, Ailke Rosenboom holte tief Luft, »haben Sie schon ein Traumziel für Ihre Hochzeitsreise oder darf ich Ihnen etwas empfehlen?«

»Wir …« Hedda schaute unsicher zu Enno.

»Darf ich Sie noch kurz etwas fragen, bevor wir loslegen?«, fragte der die Reisebüroinhaberin.

»Aber sicher doch.«

»Wir sind zwar jetzt privat bei Ihnen, aber eigentlich sind wir als Journalisten nach Greetsiel gekommen. Wir arbeiten nämlich gerade an einem Artikel über den Greetsieler Zeittaler. Darum waren wir heute auch bei Herrn Möllmann.« Zufrieden stellte er fest, dass seine Gesprächspartnerin angewidert die Nase rümpfte, als sie den Namen des unverschämten Allround-Unternehmers gehört hatte. »Wir haben ja zufällig Ihren Streit vor dem Hausmeisterservice mitbekommen, und da haben wir uns gefragt, ob Ihre Abneigung gegen Herrn Möllmann etwas mit seinen Aktivitäten gegen den Greetsieler Zeittaler zu tun haben könnte.«

Argwöhnisch schaute Ailke Rosenboom die beiden vermeintlichen Journalisten an. »Sind Sie etwa nur deshalb zu mir gekommen?«

Energisch schüttelte Hedda den Kopf. »Nein, wir sind wirklich verlobt.« Wie zum Beweis streckte sie der Reiseverkehrskauffrau die Hand entgegen, um ihr den Ring zu zeigen, den Enno ihr in Leer an den Finger gesteckt hatte. Den Ring, dessen Beschaffung sogar beinahe zum Ende ihre Beziehung geführt hätte.

Interessiert begutachtete Ailke Rosenboom das Schmuckstück. Ihr Gesichtsausdruck verriet jedoch, dass ein Verlobungsring alleine nicht ausreichte, um ihr die Skepsis zu nehmen.

»Außerdem wäre ich doch wohl niemals in Ihre Toilettensitzung geplatzt, wenn ich nur vorgehabt hätte, Sie heimlich für meinen Artikel auszuhorchen«, legte Hedda daher nach. »Ich meine, auffälliger ginge es ja wohl kaum. Auch wenn wir Mädels ohnehin immer gemeinsam aufs Klo gehen.« Sie lachte laut, so als wäre es eine verspätete Reaktion auf die scherzhafte Formulierung, die Ailke Rosenboom erst vor wenigen Minuten selbst verwendet hatte. Sie hoffte, dadurch eine Art Verbundenheit zwischen ihnen herzustellen, die ihrer Gesprächspartnerin letztlich auch die Skepsis nehmen würde.

Doch auch diese Manöver erzielte nicht die gewünschte Wirkung. Ailke Rosenboom lehnte sich in ihren Schreibtischstuhl zurück, verschränkte die Arme vor der Brust und schüttelte kaum sichtbar den Kopf.

Gleich schmeißt sie uns raus, war Enno sich sicher. In seiner Zeit als Polizist hatte er diese Art der Körpersprache schon oft gesehen. Um dies jedoch zu verhindern, entschied er sich für einen nicht abgesprochenen Strategiewechsel.

17. Kapitel

Der geplatzte Deal

Enno zückte sein Smartphone, öffnete das Foto von dem Schuldschein und hielt Ailke Rosenboom das Display unter die Nase. »Deswegen sind wir hier!«, gab er ehrlich zu.

Hedda wusste sofort, was ihr Freund der verärgerten Reisebüroinhaberin gezeigt hatte. »Wir haben nur Ihren Namen gegoogelt. Dass Sie gleichzeitig auch die Frau sind, mit der Hein Möllmann sich gestritten hat, wussten wir wirklich nicht«, ergänzte sie seine Worte noch.

»Woher haben Sie das?«, wollte Ailke Rosenboom wissen.

»Der Schuldschein lag bei Hein Möllmann offen auf dem Tisch herum. Ich habe ihn zufällig entdeckt, als er gerade damit beschäftigt war, die Hinterlassenschaft Ihres Hundes wegzuräumen.«

Aus Stellas Hundekörbchen war ein schuldbewusstes Jaulen zu hören. Als Hedda sich zu dem putzigen Vierbeiner umdrehte, hatte der sich eine Pfote über die Schnauze gelegt. Der Anblick brachte sie zum Schmunzeln und auch Ailke Rosenbooms Gesicht hellte sich merklich auf.

»Meine Stella ist eigentlich eine sehr wohlerzogene Hundedame. Ich glaube, sie hat nur deshalb vor dem Laden von diesem Idioten ihr großes Geschäft verrichtet, weil sie wusste, dass sie mir damit eine Freude macht.« Lächelnd schaute sie zu ihrer Hündin hinüber. »Schatzi wollte der Mama nur eine Freude machen, nicht wahr?«, sprach sie zu dem Tier, als wäre es ein menschliches Baby.

»Dann verstehen Sie und Hein Möllmann sich also wirklich nicht besonders gut«, griff Enno seinen Gesprächsfaden wieder auf. »Wenn es nichts mit dem Greetsieler Zeittaler zu tun hat, müssen Sie uns ja nicht davon erzählen.«

»Herr Möllmann und ich waren sogar einmal Freunde.« Ailke Rosenboom lachte verächtlich, so als könne sie selbst nicht glauben, was sie da gerade gesagt hatte.

»Und was ist passiert, dass sie heute kein gutes Wort mehr für den anderen übrighaben?«, fasste Hedda nach. Im Gegensatz zu Enno wollte sie ihrer Gesprächspartnerin keine Option zum Schweigen anbieten, sondern setzte stattdessen voll auf ihre Veranlagung zum Tratschen, die die Hundehalterin ja schon einmal bewiesen hatte.

»Dieser blöde Schuldschein«, platzte es aus Ailke Rosenboom heraus. »Eines Tages kamen Hein und Eddy in mein Reisebüro. Eddy wollte eine sündhaft teure Reise nach Thailand buchen.«

»Thailand?«, fragte Hedda.

»Wenn Sie mich fragen, sollte das für den armen Eddy eine Bumsreise werden. Eine Art Abschiedstournee, bevor der Krebs ihn endgültig dahingerafft hätte. Fast jeder in Greetsiel wusste zu diesem Zeitpunkt schon von seiner tödlichen Krankheit. Er hat ja nicht gerade ein Geheimnis daraus gemacht.«

»Aber Sie hatten etwas dagegen, ihm eine Lustreise zu verkaufen?«, spekulierte Enno über das Motiv ihrer Verärgerung.

»Dagegen?«, echote Ailke Rosenboom. »Warum sollte ich etwas dagegen gehabt haben? Ich hätte dem armen Kerl den Spaß wirklich gegönnt. Man soll ja über Tote nichts Schlechtes sagen, aber unter uns …« Sie beugte sich leicht über den Schreibtisch. »Eddy war wirklich alles andere als attraktiv. Ohne Bezahlung hätte der wahrscheinlich nie eine ins Bett gekriegt, wenn Sie verstehen, was ich meine.« Vielsagend zwinkerte sie Hedda zu.

Die junge Ermittlerin musste schlucken, tat aber trotzdem so, als fände sie die Worte der Reisebüroinhaberin witzig. Sie wollte ihren Redefluss auf keinen Fall unterbrechen.

»Aber weil das so war, wusste jeder hier im Ort, dass Eddy eigentlich nie Geld hatte. Und wenn am Ende des Monats doch mal ein paar Euros übrig waren, hat er sie mit absoluter Sicherheit in irgendeinem Puff gelassen. So war er eben, unser Eddy.« Unbewusst legte sie ihren Kopf in den Nacken und schaute für einen kurzen Moment aus dem Fenster in den Himmel hinauf.

»Und wie wollte er dann die Reise bezahlen?«, fragte Enno.

»Das habe ich ihn auch gefragt. An der Stelle kam dann plötzlich Hein ins Spiel. Er bot sich an, die Reisekosten für Eddy zu übernehmen.«

»Ich dachte, Heins Frau hat ihn verlassen, weil der Laden schlecht lief und er ihr keinen Urlaub mehr bezahlen konnte?«, erinnerte Hedda sich an das, was Ailke Rosenboom ihnen erst vor wenigen Stunden selbst erzählt hatte.

Leicht verlegen presste diese die Lippen aufeinander. »Da habe ich wohl ein wenig geflunkert«, gab sie zu. »Ich dachte, Sie beiden wären potentielle Kunden. Durch den Hinweis auf seine mangelnde Bonität wollte ich ihm nur ein mögliches Geschäft versauen.« Sie presste die Lippen noch ein wenig fester zusammen und schaute die vermeintlichen Journalisten schuldbewusst an. »In Wirklichkeit ist der Idiot einfach nur ein absoluter Geizhals, der lieber für zehn Euro Scheiße aufkehrt, als Geld für einen gemeinsamen Urlaub mit seiner Frau auszugeben. Geld ist für ihn das Allerwichtigste. Danach kommt erst mal lange gar nichts.«

»Aber warum hat er dann die Reise für Eddy bezahlt, wenn er doch so ein Geizhals ist?«, stellte Enno eine Verständnisfrage.

»Na, warum wohl - weil er sich daraus ein lukratives Geschäft versprochen hat«, antwortete Ailke Rosenboom. »Die Reise hätte fünftausend Euro gekostet …«

»Aber der Schuldschein war doch auf achttausend Euro ausgestellt«, unterbrach Hedda sie.

»Ganz genau«, bestätigte die auskunftsfreudige Hundehalterin. »Er wollte Eddy das Geld nur dann auslegen, wenn der ihm dafür achttausend Euro zurückzahlen würde.«

»Jetzt verstehe ich gar nichts mehr.« Enno presste sich beide Hände gegen die Schläfen. »Ich dachte, Eddy wäre immer chronisch pleite gewesen?«

»War er ja auch«, bestätigte Ailke Rosenboom.

»Und wie wollte er dann die achttausend Euro zurückzahlen?«, fragte Hedda.

»Das habe ich ihn auch gefragt. Er behauptete dann, er habe eine Lebensversicherung gekündigt. Die Summe sollte aber angeblich erst in einigen Monaten auf seinem Konto eingehen. Solange wollte er aber nicht warten, weil er sich nicht sicher war …«, sie machte eine kurze Pause, sprach dann aber doch weiter, »weil er sich nicht sicher war – ich zitiere – ›ob ich dann noch einen hochkriege‹. Er hatte anscheinend Sorge, dass die Krankheit ihn bis dahin schon so sehr im Griff gehabt hätte, dass er körperlich nicht mehr dazu in der Lage gewesen wäre …« Vielsagend hob sie die Augenbrauen. »Sie wissen schon.«

»Dann hat Eddy Heinrich also bei Ihnen die Reise gebucht und Hein Möllmann hat dafür bezahlt, verstehe ich das richtig?«, fragte Enno.

»Im Prinzip schon.« Ailke Rosenboom nickte. »Beide haben die Buchung unterschrieben. Im Gegenzug habe ich Hein versprechen müssen, im Streitfall Eddys Unterschrift auf dem Schuldschein zu bestätigen.«

»Und das haben Sie gemacht?« Ungläubig schaute Hedda ihre Gesprächspartnerin an.

»Warum nicht?«, konterte die mit einer Gegenfrage. »Zu diesem Zeitpunkt waren wir noch so etwas wie Freunde und ich hätte an der Reise ebenfalls nicht schlecht verdient.«

»Aber durch den Tod von Eddy Heinrich fiel die Reise ins Wasser und Ihre Provision war futsch«, kombinierte Enno.

Ailke Rosenboom nickte zustimmend. »Auf jeden Fall der größte Teil davon. Ich bin deshalb zu Hein, um unseren Deal nachzuverhandeln. Irgendwie fand ich es unfair, dass er dreitausend Euro kassieren sollte, während ich quasi leer ausging.«

»Aber Hein hatte keine Lust, seinen Profit zu teilen?« Gespannt schaute Hedda ihre Gesprächspartnerin an.

»Er wollte mit mir teilen, aber …«

18. Kapitel

Die Lüge

»Er wollte angeblich mit mir teilen, aber er hat immer behauptet, sein Geld selbst nicht zurückbekommen zu haben. Angeblich würde die Lebensversicherung von Eddy bei Selbstmord nicht zahlen«, berichtete Ailke Rosenboom von dem damaligen Gespräch mit Hein Möllmann.

»Dann hat durch den Suizid von Eddy Heinrich keiner von Ihnen etwas gewonnen. Sie haben keine Provision für die Reise bekommen, Hein Möllmann keine Wucherzinsen für seinen Kredit und Eddy hat seine letzte Reise auch nicht mehr erlebt«, stellte Enno fest. Wobei er dabei lediglich den Verstorbenen bedauerte, auch wenn er Sextourismus generell natürlich nicht gutheißen wollte.

»Was Eddy und mich angeht, haben Sie recht«, stimmte die Reisebüroinhaberin ihm zu. »Aber Hein hat sehr wohl sein Geld zurückbekommen.«

»Ach ja?« Zum ersten Mal seit ihrer Ankunft in Greetsiel überwog bei Hedda das Gefühl, dass es sich bei ihrem Fall tatsächlich um einen Mord gehandelt haben könnte. Warum sonst hätte Eddy eine letzte Reise buchen sollen, nur um sich dann kurz vorher selbst das Leben zu nehmen?

»Ich habe mich natürlich nicht mit seiner damaligen Aussage zufriedengegeben, sondern bin stattdessen zu einem befreundeten Versicherungsmakler gegangen. Der hat mir dann erklärt, dass ein Suizid nur in den ersten drei Versicherungsjahren als Ausschlusskriterium für eine Auszahlung herangezogen wird.«

»Warum denn das?«, wunderte Enno sich. Eigentlich leuchtete es ihm nämlich durchaus ein, dass eine Lebensversicherung bei Suizid nicht zahlte. Sonst könnte ja jeder potentielle Selbstmörder kurz vorher noch einen entsprechenden Vertrag abschließen, um so seine Hinterbliebenen finanziell abzusichern.

»Er meinte, dass Menschen, die ernsthaft über einen Freitod nachdenken, nicht die …« Sie machte eine Pause, weil ihr kein passendes Wort einfiel. »… ›Geduld‹ …«, sprach sie plötzlich weiter. Da sie mit dieser Wortwahl aber immer noch nicht ganz zufrieden war, setzte sie es mit ihren Fingern symbolträchtig in Gänsefüßchen. »… haben, um ihr Vorhaben drei Jahre lang aufzuschieben.«

Auch diese Argumentation war für Hedda nachvollziehbar. »Aber vielleicht war Eddys Versicherung ja auch noch keine drei Jahre alt«, spekulierte sie daher.

»Dieser Gedanke kam mir damals ebenfalls, auch wenn ich ihn für sehr unrealistisch hielt«, entgegnete Ailke Rosenboom. »Denn mal abgesehen von Eddys fortgeschrittenem Alter, welches beim Abschluss der Versicherung sicherlich Probleme bereitet hätte, hätte er ja auch ziemlich viel einzahlen müssen, um in den wenigen Monaten einen Rückkaufswert von über achttausend Euro zu erreichen.«

»Moment mal!« Hedda war gerade ein entscheidendes Detail aufgefallen. »Eddy Heinrich hat doch gegenüber Hein Möllmann angegeben, seine Versicherung gekündigt zu haben, um ihm aus dem bereits gebildeten Kapital die achttausend Euro zurückzuzahlen. Demnach muss es sich doch um eine Kapitallebensversicherung gehandelt haben. Folglich wäre es doch für die Versicherungsgesellschaft vollkommen egal, ob der Versicherungsnehmer durch einen Suizid oder auf irgendeine andere Art aus dem Leben geschieden wäre. Sie hätten doch sogar dann zahlen müssen, wenn Eddy heute noch am Leben wäre.«

»Wahrscheinlich wäre die Versicherungsleistung durch den Todesfallbonus bei Ableben der versicherten Person aber höher ausgefallen«, ergänzte Enno. »So wie ich das sehe, wäre die Frage, ob der Vertrag bereits drei Jahre lang bestanden hat, lediglich für die Zahlung der vereinbarten Todesfallleistung entscheidend. Aber so oder so, scheint es sich bei der Behauptung von Hein Möllmann, die Versicherung habe überhaupt nicht gezahlt, um eine Lüge zu handeln.«

Verdutzt schaute Ailke Rosenboom die vermeintlichen Reporter an. »Stimmt, darüber habe ich noch überhaupt nicht nachgedacht.« Sie schlug sich mit der flachen Hand vor die Stirn. »Und ich dumme Kuh habe extra Eddys Erben angesprochen, um mir Gewissheit zu verschaffen.«

»Eddys Erben?«, echoten Hedda und Enno im Chor.

»Ja, er hat einen Neffen. Scheint sein einziger noch lebender Verwandter zu sein. Der ist damals extra aus Bayern angereist, um sich um die Beerdigung und den ganzen Kram zu kümmern. Dabei kannte er seinen Onkel kaum.«

»Und der Erbe hat Ihnen die Zahlung der achttausend Euro bestätigt?«

Ailke Rosenboom nickte zustimmend. »Der war ziemlich angefressen, als ich ihn damals angesprochen habe. Wahrscheinlich hatte er sich eine große Erbschaft erhofft, aber so musste er angeblich sogar noch etwas draufzahlen.«

»Wenn er das vorher geahnt hätte, hätte er das Erbe sicher ausgeschlagen«, kommentierte Enno mitfühlend.

»Das habe ich ihn auch gefragt, aber er meinte, dass er es als seine Pflicht angesehen habe, die Schulden zu bezahlen. Schließlich ginge es hier um die Hinterlassenschaft vom Bruder seines ebenfalls bereits verstorbenen Vaters. Und von dem hatte er gelernt, dass die Ehre der Familie über allem stand.«

Verständnislos verdrehte Hedda die Augen. Ihr wäre die Familienehre egal gewesen, wenn sie für die Schulden eines nahezu unbekannten Verwandten aufkommen sollte.

»Ich hätte es auch nicht gemacht«, gab Ailke Rosenboom achselzuckend zu. »Aber vielleicht ist das auch so ein religiöses Ding. In Bayern sind die doch alle katholisch.«

Und alle tragen Lederhosen, dachte Enno schmunzelnd. »Dann sind Sie also sauer auf Hein Möllmann, weil er Sie angelogen hat?«

»Stinksauer! Und wissen Sie, was mich besonders wütend macht?« Sie machte eine kurze Pause, beantwortete ihre Frage dann aber einfach selbst. »Der Idiot bestreitet auch heute noch, das Geld bekommen zu haben. Und das obwohl ich ihn längst mit der Aussage von Eddys Neffen konfrontiert habe.«

In diesem Moment fiel Hedda der Schuldschein wieder ein, der noch immer bei Hein Möllmann auf dem Schreibtisch lag. Warum hatte er das Dokument noch, wenn der Neffe des Verstorbenen angeblich bereits gezahlt hatte? *Ob er vielleicht doch nicht gelogen hat?*, fragte sie sich in Gedanken selbst. »Mal angenommen, Hein Möllmann sagt doch die Wahrheit. Aus welchem Grund sollte Eddys Erbe Sie angelogen haben?«

»Dafür gibt es keinen Grund. Hein behauptet das nur, um mir nichts von seinem Gewinn abgeben zu müssen.«

»Wenn dem so ist, kann ich Ihre Verärgerung durchaus verstehen«, log Enno. Er fand, dass weder Hein Möllmann noch

Ailke Rosenboom das Recht hatten, sich an der gesundheitlichen Notsituation von Eddy Heinrich zu bereichern.

Nachdem sie noch ein wenig über den schwelenden Streit gesprochen hatten, versuchte die Reisebüroinhaberin das Gespräch wieder auf die geplante Hochzeitsreise der frisch Verlobten zu lenken. Da Hedda und Enno ihr schlechtes Gewissen plagte und sie außerdem auch wirklich schon über eine Traumreise anlässlich ihrer bevorstehenden Hochzeit gesprochen hatten, nutzten sie die Gelegenheit, um sich noch ein paar besonders romantische Orte zeigen zu lassen.

Als sie sich in einem Katalog gerade eine traumhafte Bungalowanlage direkt am Strand von Mauritius anschauten, ließ sie ein lauter Knall plötzlich aufschrecken. Während die beiden Ermittler die Köpfe über die Schultern drehen mussten, hatte Ailke Rosenboom direkte Sicht auf das, was den Lärm verursacht haben musste. Mit weit aufgerissenen Augen und vor Entsetzen offen stehendem Mund schaute sie an den beiden Ermittlern vorbei.

19. Kapitel

Ein Mordfall, eine Wette und jede Menge Verdächtige

»Ist das …?«, fand Hedda als Erste die Sprache wieder. Angewidert schaute sie zunächst Enno und dann Ailke Rosenboom an.

»Ich befürchte schon«, bestätigte der ehemalige Polizist mit einem leichten Kopfschütteln. Er ging zum Schaufenster, um sich die Substanz, die mit voller Wucht gegen die Scheibe geworfen worden war, genauer anzusehen.

»Dieses verdammte Arschloch!«, kehrte jetzt auch das Leben in den Körper der Reisebüroinhaberin zurück. Sie sprang von ihrem Bürostuhl auf, umrundete den Schreibtisch, schob den im Weg stehenden Enno zur Seite und begutachtete die schmierig braune Masse, die größtenteils noch an der Scheibe klebte, genauer.

Während Ailke Rosenboom und Enno die verdreckte Scheibe von innen betrachteten, war Hedda aufgestanden, um sich die Sauerei von draußen anzusehen. Dabei fiel ihr auf dem Bürgersteig, direkt vor dem Reisebüro, ein rötlich schimmerndes, mit Hundekot verschmiertes und zusammengeknülltes Stück Papier auf. Sie bückte sich, um das undefinierbare Knäuel genauer in Augenschein zu nehmen. *Ist das ein Zehn-Euro-Schein?* Mit einem kleinen Stock, der zufälligerweise neben ihr auf dem Boden lag, versuchte sie, das Papierstück ein wenig auseinanderzufalten.

»Ist das ein Geldschein?«, fragte Enno, der jetzt ebenfalls nach draußen gekommen war.

»Das ist mein Geldschein«, wütete Ailke Rosenboom. »Der Mistkerl hat meinen Zehn-Euro-Schein mit Stellas Hundescheiße beschmiert und diesen stinkenden Haufen an meine Scheibe geworfen.«

»Wir wissen nicht, ob es wirklich Hein Möllmann war. Oder haben Sie ihn gesehen?«, wagte Hedda einen leisen Einwurf. Aber auch für sie wiesen alle Indizien auf den geldgierigen Kleinunternehmer hin. Sie fragte sich, ob er Stellas Hundehaufen für seine Rache tatsächlich wieder aus dem öffentlichen Müllcontainer gefischt hatte oder ob er hierfür die Hinterlassenschaft eines anderen Vierbeiners verwendet hatte.

***

Nachdem Hedda und Enno sich von Ailke Rosenboom verabschiedet hatten, machten sie einen kleinen Spaziergang zum Hafen, kauften sich auf dem Weg ein Eis und setzten sich damit auf dieselbe Mauer, auf der sie schon einmal Platz genommen hatten. Während sie erneut die wunderschönen Fischkutter und die alten Häuser bestaunten, ließen sie die Ereignisse, die sich in den letzten Stunden förmlich überschlagen hatten, noch einmal Revue passieren.

»Ich hatte heute zum ersten Mal das Gefühl, es könne sich tatsächlich um einen Mordfall handeln«, sprach Hedda als Erste ihre Gedanken laut aus.

Enno zog seine Zunge einmal quer über die obenauf liegende Kugel Erdbeereis. »Geht mir auch so«, stimmte er ihr zu. »Auf jeden Fall wimmelt es im Umfeld unseres Toten nur so von Verdächtigen oder zumindest merkwürdigen Personen.«

»Wagst du einen Tipp?«

Grinsend ließ der ehemalige Polizist ein weiteres Mal seine Zunge über die eiskalte Versuchung gleiten. »Einen Tipp?«, fragte er. »Wollen wir jetzt darum wetten, wer Eddys Mörder war?«

»Warum nicht«, lachte Hedda. »Falls er sich am Ende doch selbst umgebracht hat, erhöht es bis zu dieser ernüchternden Erkenntnis immerhin den Spaßfaktor.«

Während Enno so tat, als würde er angestrengt nachdenken, begann er damit, leise vor sich hin zu murmeln. »Also am liebsten wäre mir natürlich mein ›Freund‹ Hein Möllmann. Ich mag den Typ überhaupt nicht und nach der Hundekot-Aktion vor dem Reisebüro, muss man ihn echt als unzurechnungsfähig bezeichnen. Dem würde ich auch zutrauen, dass er bei Eddy Heinrich und Sandro Prause die Gärten verwüstet, die Scheiben verschmiert und die Wäsche zerschnitten hat. Und sein Kreditdeal mit dem todkranken Eddy gehört ja wohl auch in die unterste Schublade.«

»Also ist er dein Tipp?«, fragte Hedda.

»Ich weiß noch nicht«, zögerte ihr Freund. »Was ist denn überhaupt der Wetteinsatz?«

Die junge Ermittlerin überlegte. »Wenn ich gewinne, musst du mit mir eine ganze Staffel ›Hochzeit auf den ersten Blick‹ gucken«, schlug Hedda vor. Sie hatte die Doku-Soap, in der wildfremde

Menschen nach psychologischen Kriterien zusammengeführt und bereits beim ersten Aufeinandertreffen miteinander verheiratet wurden, erst vor wenigen Wochen im Fernsehen entdeckt und war seither hellauf begeistert von diesem Sendeformat. Wahrscheinlich konnte sie sich gerade deshalb so gut in die Showteilnehmer einfühlen, weil auch Enno und sie bereits nach relativ kurzer Zeit beschlossen hatten, miteinander den Bund fürs Leben einzugehen.

Enno schluckte. Seine Freundin hatte ihm zwar schon mehrfach von der Sendung erzählt, aber bisher hatte er sich noch immer davor drücken können, die Sendung mit ihr ansehen zu müssen. »Okay«, nahm er den Vorschlag schließlich an. »Aber wenn ich gewinne, guckst du mit mir eine ganze Saison lang jedes Spiel von Werder Bremen.«

»Was?«, empörte sich Hedda. »Das sind doch viel mehr Spiele als eine Staffel meiner Sendung an Folgen hat!«

»Dafür kommt mir jede Episode von deinem Hochzeitsquatsch wahrscheinlich so vor, als ginge sie fünf Stunden«, scherzte Enno.

»Das dürfte mir bei deinen Fußballspielen ähnlich gehen«, konterte Hedda. »Als Kompromiss würde ich alle Heimspiele einer Saison mit dir gucken. Das mache ich aber auch nur, weil du mir einen so wundervollen Antrag gemacht hast.« Verliebt strahlte sie ihn an.

»Abgemacht!« Über beide Backen strahlend streckte Enno ihr zur Besiegelung der Wette seine Hand entgegen. »Mein Tipp ist Hein Möllmann.«

Hedda ergriff seine Hand. Kurz erinnerte sie sich an das ungute, aber sehr schwache Gefühl, das sie in Antje Grummers Haus gehabt hatte. Da sie sich die taffe alte Dame aber auf keinen Fall als Mörderin vorstellen konnte, entschied sie sich doch für einen anderen Kandidaten. »Und ich tippe auf den Erben aus Bayern.«

»Interessante Wahl. Warum gerade auf ihn?«

»Wegen des Schuldscheins. Irgendwie glaube ich nicht, dass er die achttausend Euro gezahlt hat, ohne dass ihm der Schuldschein wirklich vorgelegt worden ist. Vielleicht hatte Eddy Heinrich doch mehr Vermögen, als alle dachten.«

»Ihn selbst eingeschlossen?«, fragte Enno verwundert. »Wenn er wirklich Geld gehabt hat, dann hätte er sich das Geld für die Reise doch nicht leihen müssen.«

»Vielleicht wollte er ja einfach nicht, dass die Leute davon wissen. Vielleicht wollte er alle nur zum Narren halten. Ein letzter großer Streich, bevor er diese Welt endgültig verlassen musste.«

Skeptisch legte der ehemalige Polizist seine Stirn in Falten. »Eine gewagte Theorie.«

Achselzuckend zwinkerte Hedda ihm zu. »Wer nicht wagt, der nicht gewinnt.«

»Also konzentrieren wir uns bei den weiteren Ermittlungen auf diese beiden?«, zog Enno eine Zwischenbilanz.

»Einverstanden. Sandro Prause, den münzwütigen Gärtner, der Antje Grummer um ihre Greetsieler Taler erleichtert hat und die Mitglieder der GZKJ dürfen wir aber auf keinen Fall abschreiben. Du weißt doch, am Ende war es ohnehin immer der, mit dem man am wenigsten gerechnet hat.«

»Ich weiß«, sagte Enno. Er musste an die vielen Male denken, bei denen sie sich gemeinsam im Fernsehen einen Krimi angeschaut und im Verlauf des Films ebenfalls Wetten auf den wahren Mörder abgeschlossen hatten. Seine Freundin verfolgte dabei meist die Strategie, genau auf die Person zu setzten, die zu Beginn am allerwenigsten mit der Tat zu tun zu haben schien. Nicht selten hatte sie damit Erfolg. »Weißt du, was mir gerade auffällt?«, fragte Enno.

»Dass ich im Gegensatz zu dir viel langsamer Eis esse«, lachte Hedda und schaute auf ihre Eistüte. Sie war gerade erst bei der zweiten Kugel angekommen, während Enno sogar schon die Waffel verdrückt hatte.

»Das auch. Mir ist aber auch aufgefallen, dass wir noch nicht einmal in der Nähe des Tatorts waren.«

»Du hast recht!« Entsetzt schlug Hedda sich die Hand vor den Mund und sprang reflexartig von der Mauer auf.

»Was hast du vor?«

»Dieses Versäumnis holen wir jetzt sofort nach. Zum Glück ist Greetsiel nicht besonders groß. Wir können von hier aus problemlos zur Wohnung des Verstorbenen laufen.«

Nur zehn Minuten später standen sie vor dem kleinen Mehrfamilienhaus, in dem Eddy Heinrich bis zu seinem Tod gelebt hatte. Erst jetzt schob Hedda sich das letzte Stück Eiswaffel in den Mund und kaute mit geschlossenen Augen darauf herum.

»Spürst du irgendetwas?«, fragte Enno, nachdem er seine Freundin einige Sekunden lang still beobachtet und sich dabei gefragt hatte, ob ihr vermeintlich übersinnliches Gespür auch durch Hauswände hindurch funktionierte.

Hedda schlug die Augen wieder auf. »Nein«, schmunzelte sie. Sie wusste sofort, worauf seine Frage abzielte. »Ich habe nur die Augen zugemacht, weil die Sonne mich geblendet hat.«

In diesem Moment parkte direkt neben ihnen am Bürgersteig ein schwarzer BMW. Als der Fahrer kurz darauf, mit seinem Handy am Ohr, ausstieg, konnten Hedda und Enno kaum glauben, wer da plötzlich direkt neben ihnen stand.

20. Kapitel

Der Schatz im Schließfach

Mit einem starken bayrischen Akzent sprach der BMW-Fahrer lautstark in sein Mobiltelefon. Er teilte der Person am anderen Ende der Leitung mit, dass er gut angekommen sei, die Sache mit der Haushaltsauflösung schnell hinter sich bringen wolle, um spätestens in zwei Tagen wieder zu Hause zu sein. An seinem genervten Tonfall war unschwer zu erkennen, dass er nur wenig Lust auf die anstehende Aufgabe verspürte.

Das muss der Neffe von Eddy Heinrich sein, war Hedda sich sicher. Kaum hatte er sein Telefonat beendet, sprach sie ihn einfach an. »Guten Tag, Sie müssen der Neffe von Herrn Heinrich sein.« Sie streckte ihm die Hand entgegen. »Mein herzliches Beileid!«

Verwundert schaute der Mann sie an, erwiderte dann aber doch ihren Handgruß und stellte sich vor. »Grüß Gott! Paul Heinrich.«

»Jutta Müller«, nutzte Hedda ihren Tarnnamen. »Und das ist mein Verlobter Otto Pichler.«

Auch Enno reichte dem Bayern die Hand.

»Wenn Sie wegen der Haushaltsauflösung da sind, die beginnt erst morgen um zehn Uhr«, sagte Paul Heinrich und ging auf den Haupteingang des Mehrfamilienhauses zu.

»Nein … Wir sind …«, begann Hedda stotternd zu erklären, während sie dem Erben zur Haustür folgte.

»Es ist uns etwas unangenehm, aber wir sind eigentlich mehr an der ganzen Wohnung interessiert«, sprang Enno ihr bei. »Wissen Sie, wir erwarten in sieben Monaten unseren ersten Nachwuchs …« Behutsam legte er seine Hand auf Heddas flachen Bauch und lächelte sie überglücklich an. »… und sind daher auf der Suche nach einem geeigneten Familiennest. Als wir vom Tod ihres Onkels erfahren haben, da haben wir uns gedacht …« Scheinbar verlegen schaute Enno auf seine Füße. »Nun ja, eine Erdgeschosswohnung mit kleinem Garten wäre halt perfekt für uns.«

Abwesend kramte Paul Heinrich in seiner Umhängetasche herum.

»Tut mir leid, aber mein Onkel hat hier nur zur Miete gewohnt. Da bin ich leider der falsche Ansprechpartner.« Im selben Moment beförderte er einen Schlüssel zu Tage, steckte ihn in das Schloss und drehte ihn zweimal herum.

»Entschuldigung, das haben wir nicht gewusst«, bat Enno um Verzeihung. »Es ist nur, weil …« Da er hoffte, so das Interesse des Bayern zu wecken, brach er den Satz bewusst ab.

»Weil?«, fragte Paul Heinrich neugierig. Die Strategie des ehemaligen Polizisten schien Erfolg zu haben.

»Ach, es ist nur, weil …« Enno schüttelte den Kopf und machte eine wegwerfende Handbewegung, so als wäre die nachfolgende Begründung nicht der Rede wert. »… im Ort das Gerücht rumgeht, dass Eddy Ihnen ein ordentliches Erbe hinterlassen hat. Darum sind wir halt davon ausgegangen, die Wohnung wäre sein Eigentum.«

Die Erläuterung des vermeintlichen Kaufinteressenten löste bei Paul Heinrich einen wahren Lachanfall aus. Erst nachdem er sich einigermaßen wieder gefangen hatte, konnte er etwas erwidern. »War ja klar, dass der Bankmitarbeiter seine Klappe nicht halten konnte. Der hat beim Anblick des Testaments so große Augen bekommen, als habe er die Jungfrau Maria persönlich gesehen.«

Die beiden jungen Ermittler wurden hellhörig. Hatte Hedda etwa richtig spekuliert? Besaß Eddy Heinrich in Wahrheit ein beachtliches Vermögen und hatte sein Umfeld nur in dem Glauben gelassen, er wäre quasi mittellos?

»Mein Onkel hat noch nie etwas besessen«, widersprach Paul Heinrich, als habe er die Gedanken der beiden gehört. »Aber er war ein hinterhältiges Schlitzohr. Selbst nach seinem Tod musste er der Familie noch eins auswischen.« Er schüttelte mit dem Kopf, als könne er es selbst immer noch nicht fassen. »Wenn Sie wüssten, was der alte Spinner in sein Testament geschrieben hat.« Unbewusst klopfte er auf seine Umhängetasche.

Ob da der letzte Wille des Verstorbenen drin ist, fragte Hedda sich. Sie würde das Dokument nur zu gerne lesen.

»Dass mein Onkel nie viel Geld besessen hatte, war mir eigentlich klar. Aber in seinem Testament deutet er an, ein beträchtliches Vermögen in seinem Schließfach zu haben. Das hat anscheinend nicht nur bei mir die Fantasie geweckt, er könne uns alle über Jahre zum Narren gehalten haben. Vermutlich hat auch der Bankmitarbeiter, dem ich seinen letzten Willen vorlegen musste, um an das Schließfach zu gelangen, seinen Worten geglaubt und das Gerücht sofort in die Welt gesetzt. So viel zum Thema Bankgeheimnis.« Ungläubig schüttelte Paul Heinrich mit dem Kopf.

»Vielleicht war es aber auch ein Mitarbeiter vom Amtsgericht«, warf Enno ein, um ein wenig Zeit zu schinden. »Die Quelle der Gerüchte kennen wir selber nicht.« Er war sich in diesem Moment noch nicht sicher, wie er weiter vorgehen sollte. Am liebsten würde er Eddys Neffen direkt darum bitten, das Testament einmal lesen zu dürfen. Er war sich aber sicher, dass dieser zwei Wildfremden, die er gerade erst auf der Straße getroffen hatte, nicht einfach so ein derart persönliches Dokument zeigen würde.

»Und was genau war jetzt im Schließfach?«, fragte stattdessen Hedda ganz direkt.

»Jedenfalls kein Gold und keine Edelsteine.« Wieder musste Paul Heinrich laut lachen. »Das Einzige, was ich darin gefunden habe, war ein Abschiedsbrief.« Der Gedanke an die letzten Zeilen seines verstorbenen Onkels schien ihn irgendwie zu belasten. »Ich habe meinem Vater auf dem Sterbebett versprechen müssen, dass ich mich bis zum Ende um seinen Bruder kümmere.« Seine Stimme wurde merklich ruhiger. »In seinen letzten Tagen hat er oft über Eddy gesprochen. Ich glaube, er hat einige Dinge bereut, konnte oder wollte aber nicht darüber reden. Nach seinem Tod habe ich gelegentlich darüber nachgedacht, den Kontakt zu meinem Onkel zu suchen und ihn zu fragen, was zwischen den beiden vorgefallen war. Leider habe ich es nie getan und nun haben sie beide ihr Geheimnis endgültig mit ins Grab genommen.« Geräuschvoll sog er die Luft durch die Nasenlöcher ein, senkte den Blick und schien für einen Moment ganz weit weg zu sein.

»Vielleicht haben sie sich ja im Jenseits ausgesprochen«, rutschte es Hedda heraus. Sie war nicht besonders gläubig, fand die Vorstellung aber irgendwie tröstlich und schön zugleich.

Paul Heinrich schaute sie kopfschüttelnd an. »Ich bin zwar in Bayern geboren und aufgewachsen, aber meine Eltern sind nur deshalb nicht aus der Kirche ausgetreten, damit sie meine Großeltern, nachdem mein Vater aus der ehemaligen DDR zu meiner Mutter in den Süden der Republik gezogen war, dort in einem katholischen Pflegeheim unterbringen konnten.« Er schüttelte sich, als könne er so die trüben Gedanken einfach loswerden. »Kommen Sie doch morgen zur Haushaltsauflösung. Auch wenn ich Ihnen die Wohnung nicht verkaufen kann, vielleicht finden Sie ja etwas, was Sie in Ihrem zukünftigen Zuhause gebrauchen können.«

21. Kapitel

Die Haushaltsauflösung

Pünktlich um 10:00 Uhr standen Hedda und Enno am nächsten Morgen wieder vor der Wohnung von Eddy Heinrich. Am gestrigen Nachmittag hatten Sie noch Tjark Bruns, einen Fensterputzer aus Greetsiel, besucht, der ebenfalls auf Antje Grummers GZKJ-Liste stand. Ermittlungstechnische Ansätze hatte das Gespräch mit dem Solo-Selbständigen aber leider nicht ergeben.

Ein wenig überrascht, aber auch zufrieden wurden sie von Eddys Neffen Paul begrüßt, nachdem er die Wohnungstür für die interessierten Besucher geöffnet hatte. Außer den beiden waren noch zwei weitere Paare sowie ein alleinstehender Herr gekommen, um in der Hinterlassenschaft des Verstorbenen nach verborgenen Schätzen zu suchen.

Als Hedda sich gerade unbeobachtet fühlte, gab sie Enno ein Zeichen und verschwand schnell im Badezimmer der Wohnung. Sie verriegelte die Tür, lehnte sich mit dem Rücken dagegen und betrachtete die Badewanne. *Hier bist du also gestorben*, begann sie in Gedanken ein Gespräch mit dem Toten. Sie schloss die Augen und horchte in sich hinein. Aber auf eine ihrer inneren Eingebungen, die ihr schon so oft bei den Ermittlungen geholfen hatten, konnte sie dieses Mal anscheinend nicht bauen. Auf jeden Fall spürte sie nichts, was ihr einen Hinweis darauf gab, ob Eddy tatsächlich Suizid begangen oder doch ein Fremder heimtückisch den Föhn zu ihm in die Wanne geworfen hatte.

Enttäuscht verließ sie das kleine Badezimmer wieder und schaute sich suchend nach ihrem Freund um. Im Wohnzimmer fand sie ihn schließlich wieder. Er stand vor einem kleinen Regal und studierte die sorgsam einsortierten Taschenbücher.

»Schau mal!«, sagte er zu Hedda, nachdem er sie bemerkt hatte. Er legte seinen Zeigefinger auf eines der Bücher, kippte es heraus und zeigte ihr das Cover. »Das war mal mein Lieblingsbuch.«

»Das Kartengeheimnis von Jostein Gaarder«, las Hedda vor, nahm ihm den Roman aus der Hand und studierte den Klappentext auf der Rückseite.

In der Zwischenzeit hatte Enno weitere Bücher des gleichen Autors entdeckt. Eines nach dem anderen zog er aus dem Regal und stapelte sie vor seiner Brust zu einem kleinen Turm auf.

»Ich wusste ja gar nicht, dass du dich für Philosophie interessierst«, kommentierte die junge Ermittlerin den Anblick ihres schwerbeladenen Freundes.

»Das habe ich selbst auch ganz vergessen«, schmunzelte Enno. »In der Schule mussten wir damals ›Sophies Welt‹ lesen. Das Buch hat mir so gut gefallen, dass ich mir dann hinterher freiwillig auch noch ›Das Kartengeheimnis‹ gekauft habe. Doch dann begann die Ausbildung bei der Polizei und irgendwie habe ich da einfach keine Zeit mehr zum Lesen gefunden.«

Hedda ließ ihren Blick über die breite Lücke streifen, die Enno in dem Bücherregal verursacht hatte. Dabei fiel ihr am Rand ein besonders dickes Buch mit einem weinroten Rücken und weißer Schrift auf. »Schau mal!« Sie zog die Hardcover-Ausgabe heraus und präsentierte sie Enno. Es handelte sich um ein gut erhaltenes Exemplar von genau dem Buch, das ihren Freund in seiner Schulzeit so sehr beeindruckt hatte.

»Das ist mir ja gar nicht aufgefallen«, staunte Enno, riss es seiner Freundin förmlich aus der Hand und legte es auf den Stapel der Taschenbücher, die ansonsten alle einen einheitlich aussehenden, dunkelblauen Buchrücken hatten. »Ich glaube, die nehme ich mit.« Er fühlte sich auf einmal so glücklich wie ein Geburtstagskind, das gerade vor einem riesigen Berg Geschenke saß.

Normalerweise wäre Hedda beim Anblick ihres freudestrahlenden Verlobten das Herz vor Glück aus der Brust gesprungen. Sie liebte es, dass er sich für manche Dinge begeistern konnte, als wäre er ein Sechsjähriger, der zum allerersten Mal in seinem Leben eine Carrera-Bahn zu Gesicht bekommen hat. Doch ihre Aufmerksamkeit galt der kleinen weißen Mappe, die hinter dem Roman gelegen hatte. Sie griff danach und blätterte die eingehefteten Belege kurz durch. »Das sind Eddys Kontoauszüge«, flüsterte sie Enno zu, schaute zu beiden Seiten über ihre Schultern und ließ den handlichen Ordner anschließend unbeobachtet in ihrer Handtasche verschwinden. Dann begann sie damit, sämtliche Bücher aus dem Regal zu ziehen, um nachzuschauen, ob sich dahinter noch weitere Fundstücke verbargen.

»Was machst du da?«, fragte Enno.

»Ich will nachsehen, ob da noch mehr Kontoauszüge sind. Entweder hat Eddy sie dort absichtlich versteckt oder diese eine Mappe ist ihm nur versehentlich dahinter gerutscht.«

Enno half ihr beim Suchen, aber ein weiterer Glückstreffer blieb ihnen leider verwehrt. Nach einer weiteren halben Stunde, in der sie neugierig, aber erfolglos den Hausrat des Verstorbenen nach weiteren brauchbaren Hinweisen durchsucht hatten, wollten sie eigentlich die Wohnung verlassen. Doch als sie gerade auf Eddys Neffen zusteuerten, um sich von ihm zu verabschieden, fiel Hedda etwas auf. Mit einem kurzen Ellenbogenhieb und einem anschließenden Kopfnicken machte sie Enno auf Paul Heinrichs Umhängetasche aufmerksam, die neben seinen Füßen an der Zimmerwand lehnte. Es war dieselbe Tasche, die er auch am Vortag bei sich getragen hatte. Der ehemalige Polizist begriff sofort, was seine Freundin vorhatte. Sie wollte sich heimlich das Testament ansehen. *Hoffentlich war und ist es auch noch immer da drin*, dachte er, während er gleichzeitig Eddys Neffen darum bat, ihm die Funktionsweise der hässlichen Kuckucksuhr zu erklären, die er in einem der Räume entdeckt hatte.

Kaum waren die beiden Männer außer Sichtweite, schnappte sich Hedda die Tasche und öffnete den Reißverschluss. Mit spitzen Fingern fischte sie eine Klarsichthülle heraus, in der sich mehrere aneinandergeheftete Zettel befanden. Hektisch schaute sie über die Schulter, aber von den übrigen Besuchern der Haushaltsauflösung war niemand zu sehen. *Hoffentlich kann Enno ihn lang genug aufhalten*, dachte sie, entnahm die bedruckten Seiten ihrer Hülle und begann damit, sie einzeln mit ihrem Handy abzufotografieren.

Was ist das denn? Die junge Ermittlerin hatte gerade das komplette Testament abgelichtet, als ihr als Nächstes ein handgeschriebener Zettel durch die Finger glitt. *Das muss der Abschiedsbrief sein!* Sie legte sich auch dieses Schriftstück zurecht, justierte ihre Handykamera und wollte gerade auf den Auslöser drücken, als sie plötzlich hinter sich eine Stimme hörte.

»Was machst du da?«

22. Kapitel

Testament und Abschiedsbrief

Erschrocken wirbelte Hedda herum. Hinter ihr stand ein junges Paar, das gerade erst die Wohnung betreten hatte. Erleichtert stellte sie fest, dass die Worte des Mannes nicht ihr, sondern seiner Partnerin gegolten hatten.

»Dieses hässliche Ding kommt mir nicht ins Haus«, sprach der Mann weiter und begutachtete dabei angewidert eine Porzellanvase, die seiner Liebsten hingegen sehr zu gefallen schien.

Unbeeindruckt von seinem Protest wandte sich die Frau an Hedda. »Was soll die Vase denn kosten?«

»Fünfzig Euro.« Die Antwort kam ihr ohne langes Nachdenken über die Lippen und sorgte dafür, dass die Frau, unter dem zufriedenen Grinsen ihres Freundes, die Vase an ihren ursprünglichen Platz zurückstellte. Schnell fotografierte Hedda noch die letzten Seiten und verstaute alles wieder in der Klarsichthülle. Kaum hatte sie die Umhängetasche zurückgestellt, kam auch schon Enno in Begleitung von Paul Heinrich aus dem Nebenraum.

Nachdem sich die beiden von Eddys Neffen verabschiedet hatten, verließen sie die Wohnung mit sieben Büchern, einem Holzhocker, einer gläsernen Blumenvase und einer besonders hässlichen Kuckucksuhr. Den Ordner mit den Kontoauszügen konnten sie dabei unbemerkt nach draußen schmuggeln.

Sie gingen zurück zu Ennos Polo, verstauten ihre erworbenen ›Schätze‹ im Kofferraum und stiegen ein. Dann zückte Hedda ihr Smartphone und las das abfotografierte Testament laut vor:

»Testament von Eddy Heinrich. Hiermit erkläre ich meinen Neffen, Paul Heinrich, geboren am 29. Februar 1968, zu meinem alleinigen Erben. Er soll über alle meine Kontoguthaben, Sparbücher und das beträchtliche Vermögen in meinem Schließfach frei verfügen können. Als einzige Bedingung verfüge ich, dass er aus dem Nachlassvermögen folgendes Vermächtnis zu erfüllen hat. Nach meinem Ableben soll er einen Betrag über achttausend Euro an meinen alten Freund, Hein Möllmann, überweisen.« Sie las den restlichen Text nicht mehr laut vor, sondern überflog ihn nur. In den folgenden Sätzen wurde lediglich erläutert, dass die Überweisung der Erfüllung eines Schuldscheines diente, den er zu Lebzeiten ausgestellt hatte. Die Schuldscheinnummer und das Schuldscheindatum sollten daher im Verwendungszweck mit angegeben werden.

»Nummer und Datum passen«, sagte Enno, nachdem er das Foto des Schuldscheins auf seinem Handy aufgerufen hatte. »Lies doch mal den Abschiedsbrief vor.«

Wieder hielt sich Hedda ihr Smartphone dicht vor die Augen und begann zu lesen:

Moin Paul,
wir kannten uns kaum. Aber nach allem, was ich so gehört und gesehen habe, kommst du ganz nach deinem Vater. Eigentlich sollte er meinen letzten Brief bekommen. Dass er ausgerechnet noch vor mir an der gleichen heimtückischen Krankheit sterben musste, kann ich nur als traurigen Scherz des Schicksals interpretieren. Im direkten Vergleich mit mir war er immer die Nummer Eins, da wollte er im Tod wohl auch keine Ausnahme machen.

Während du diese Zeilen liest, sitze ich wahrscheinlich auf meiner Wolke (oder im kochenden Schwefelbad) und lache mich schlapp. Offensichtlich hast du nicht nur die vermeintliche Korrektheit, sondern auch die Geldgier deines Vaters geerbt. Hast du wirklich geglaubt, ich hätte ein beträchtliches Vermögen in diesem Schließfach gebunkert? Hat dein Vater dir denn nicht oft genug erzählt, dass ich der Schandfleck der Familie bin? Du wusstest doch, dass ich direkt nach der Wende abgehauen bin, den Job gekündigt und meine Eltern im Stich gelassen habe, einfach nur, weil ich mein Leben genießen wollte. Du musst doch mitbekommen haben, wie dein Vater mich verflucht hat, wenn er wieder einmal die Pflege unserer angesehenen Eltern (deiner Großeltern) ganz alleine bewerkstelligen musste.

Ich frage dich, welches Kind verlässt seine liebevollen Erzeuger genau in der Zeit, wo sie einen am meisten brauchen? Welches Kind beschmutzt die über Generationen mühsam erworbene Familienehre, indem es weder Arzt noch Anwalt oder wenigstens ein liebevoller Familienvater mit gutbürgerlichem Lebenswandel wird? Welches Kind erscheint weder auf der Beerdigung seiner

Eltern, noch erweist es seinem verstorbenen Bruder die letzte Ehre?

Ich bin mir nicht sicher, ob dein Vater die Antworten auf alle diese Fragen kannte. Aber falls doch, hat er dir mit Sicherheit niemals davon erzählt. In den wenigen Telefonaten, die wir nach dem Tod unserer Eltern geführt haben, hatte ich das Gefühl, dass er die Wahrheit (zumindest teilweise) kannte. Er hat damals, als wir noch Kinder waren, Dinge gesehen, sie verstanden und bis zu seinem letzten Atemzug nicht vergessen. Dennoch hat er niemals auch nur ein Wort darüber verloren. Vielmehr hat er versucht, sein Gewissen mit regelmäßigen Geldüberweisungen zu beruhigen.

Da die monatlichen Beträge auch nach seinem Tod weiterhin pünktlich auf meinem Konto eingegangen sind, gehe ich davon aus, dass er dir auf dem Sterbebett die ehrenvolle Aufgabe übertragen hat, dafür zu sorgen, dass sein Taugenichts von Bruder finanziell „über die Runden kommt". Der gute Name der wohlhabenden, angesehenen Familie Heinrich sollte niemals dadurch beschmutzt werden, dass man eines seiner Mitglieder (verhalte es sich auch noch so ungebührlich) vor die Hunde gehen ließ.

Was die anderen Leute über die Familie dachten, war für deinen Vater schon immer das Wichtigste. Wichtiger sogar als das ganze Geld, das er nach dem Tod unserer Eltern allein geerbt hat, weil ich Trottel damals einfach zu stolz war, meinen Pflichtteil einzufordern. Deshalb hat dein Vater mir hinterher auch freiwillig einen Teil der mir zustehenden Summe über seine monatlichen Hilfsleistungen wieder zukommen lassen. Hätte sich in der Heimat herumgesprochen, dass einer der Söhne von Ferdinand Heinrich in Ostfriesland von der Sozialhilfe leben müsste, wäre er wahrscheinlich schon vor Jahren vor lauter Scham gestorben.

Nun denn, wie du dir sicher bereits gedacht hast, vererbe ich dir nichts. Im Gegenteil, ich habe dir sogar noch eine Verpflichtung hinterlassen, die ich erst kurz vor meinem Tod noch eingegangen bin. Denn während dein Vater wahrscheinlich bis zu seinem letzten Atemzug sein Geld lieber gezählt hat, anstatt es auszugeben, habe ich es vor meinem Abgang noch einmal richtig krachen lassen. Ich habe mir zwei Wochen in Thailand gegönnt und diese Zeit mit einigen wunderschönen Frauen genossen.

Da ich das Geld für diese Reise leider nicht flüssig hatte, habe ich mir etwas von einem Bekannten geborgt und ihm nebenbei die

Existenz einer Lebensversicherung vorgegaukelt, die ich angeblich zwecks Rückzahlung bereits gekündigt hatte. Ich habe diese Verpflichtung als Vermächtnis in mein Testament geschrieben. Wenn du nur halb so korrekt bist wie mein ach so toller Bruder, wirst du sie sicher mit Freuden begleichen. Falls nicht, ist es mir auch egal.

Abschließend möchte dein Onkel dir noch einen letzten Rat mit auf deinen verbleibenden Lebensweg geben: „Lebe dein Leben und gib einen Scheiß auf das, was andere von dir denken."

Dein Onkel Eddy

»Puh!« Aus ihren aufgeblähten Backen ließ Hedda die angestaute Luft entweichen. »Das Verhältnis zwischen Eddy Heinrich und seinem Bruder scheint ja nicht gerade das beste gewesen zu sein.«

Während Enno seinen Polo zurück zur Ferienwohnung lenkte, blätterte Hedda die gefundenen Kontoauszüge durch. Sie hoffte, darin irgendeinen Beleg über den Geldtransfer über achttausend Euro von Paul Heinrich an Hein Möllmann zu finden.

»Mist!«, fluchte sie schließlich und klappte den Ordner wieder zu. »Die Auszüge reichen nur bis zum Dezember des letzten Jahres. Wahrscheinlich hat er für dieses Jahr einen neuen Ordner angelegt.«

Enno parkte seinen Wagen auf dem zur Ferienwohnung gehörenden Parkplatz. »Zeig mal her!« Er nahm den weißen Ordner an sich und blätterte ebenfalls darin herum.

»Glaubst du mir etwa nicht?«, reagierte Hedda etwas schnippisch. »Die letzte Buchung stammt vom 31. Dezember.«

»Lass mich etwas ausprobieren.« Nachdenklich nahm der ehemalige Polizist sein Handy zur Hand und tippte auf dem Display herum.

»Was suchst du?«

Ohne seine Freundin dabei anzusehen, hob Enno den Zeigefinger empor, um Hedda so zu signalisieren, dass sie ihn nicht in seiner Konzentration stören sollte. Dann hielt er sich das Handy plötzlich ans Ohr und starrte hochkonzentriert durch die Windschutzscheibe nach draußen.

»Wen rufst du an?« Hedda platzte fast vor Neugierde. Sie fragte sich, was ihr Freund nur vorhatte.

23. Kapitel

Aufschlussreiche Telefonate

»Grüß Gott, mein Name ist Otto Pichler. Ich bin der Kundenberater von Herrn Paul Heinrich, dem Erben Ihres verstorbenen Kunden Eddy Heinrich.« Enno neigte seinen Kopf Hedda zu, legte seinen Zeigefinger vor die Lippen und zwinkerte ihr verschwörerisch zu. Dann aktivierte er die Freisprechfunktion seines Mobiltelefons. »Ich bin gerade dienstlich mit dem Wagen unterwegs. Ich hoffe, Sie können mich trotzdem gut verstehen?«

»Guten Tag, Herr Pichler«, ertönte eine überaus freundlich klingende Frauenstimme aus dem Lautsprecher des Smartphones. »Ich kann Sie sehr gut verstehen. Was kann ich denn für Sie tun?«

»Ich unterstütze Herrn Heinrich bei der Abwicklung vom Nachlass seines Onkels. Wie Sie ja wissen, ist im Testament ein Vermächtnis aufgeführt, welches von meinem Kunden auch bereits erfüllt worden ist.« Von Paul Heinrichs Erzählungen wusste Enno ja, dass der Bank das eröffnete Testament von Eddy Heinrich bereits vorgelegen hatte.

»Entschuldigen Sie, aber Sie sind hier in der Telefonzentrale gelandet. Kleinen Moment bitte, ich versuche, Sie mit unserer Nachlassabteilung zu verbinden.«

Enno wollte gerade noch intervenieren, als aus dem Lautsprecher bereits eine poppige Wartemusik ertönte. Nur wenige Sekunden später, hörte er jedoch wieder dieselbe sympathische Stimme der Mitarbeiterin aus der Zentrale. »Entschuldigen Sie bitte, Herr Pichler, aber unsere Kollegen aus der Nachlassabteilung sind gerade alle im Kundengespräch. Darf Sie der zuständige Sachbearbeiter eventuell zurückrufen?«

»Das wird nicht nötig sein.« Der ehemalige Polizist ballte seine Hand zur Siegerfaust. Er war sich sicher, dass er bei der netten Kollegin größere Chancen hatte, an die gewünschte Information heranzukommen, als bei einem Fachberater aus der Nachlassabteilung. »Sie können mir bestimmt auch helfen. Ich habe eigentlich nur eine kurze Frage.«

»Ich will es gerne probieren. Was möchten Sie denn wissen?«

»Mein Kunde hat das Vermächtnis vom Konto des Verstorbenen beglichen. Warten Sie, ich gebe Ihnen kurz die Kontonummer.« Enno hielt sich den Kontoauszug vor die Augen. Dann las er der Bankmitarbeiterin die Kontonummer von Eddy Heinrich laut vor. »Es war ein Betrag über exakt achttausend Euro.« Da er nicht genau wusste, an welchem Tag die Summe überwiesen worden war, ließ er diese Information bewusst aus.

In den folgenden Sekunden hörte er nur das leise Atmen der Bankmitarbeiterin sowie ihre Finger, die in Windeseile die Tastatur zum Klappern brachten.

»Entschuldigung, aber ich kann den Betrag nicht finden«, meldete sich die sympathische Frauenstimme schließlich wieder in der Leitung zurück.

Mist!, dachte Enno. Dann hat Paul Heinrich entweder direkt von seinem eigenen Konto überwiesen oder Hein Möllmann hat doch recht gehabt und er hat das Geld überhaupt nicht bekommen.

»Ach, Moment«, korrigierte die Mitarbeiterin sich. »Ich habe versehentlich eine Null zu viel eingetippt.« Ihrem schüchternen Lachen war zu entnehmen, dass ihr dieser Fehler wirklich peinlich war. »Hier habe ich eine Gutschrift über achttausend Euro. Absender war ein gewisser Paul Heinrich«, murmelte sie nachdenklich vor sich hin.

»Das ist mein Kunde«, bestätigte Enno erleichtert. Wenn Eddys Neffe diesen Betrag auf das Konto seines Onkels überwiesen hatte, dann gab es mit Sicherheit auch eine entsprechende Buchung, die vom Nachlasskonto an die Bankverbindung von Hein Möllmann gerichtet war.

»Und genau einen Tag später ging derselbe Betrag an einen gewissen Hein Möllmann wieder raus«, bestätigte die Mitarbeiterin der Telefonzentrale seine Vermutung.

»Und genau um diese Buchung geht es«, sagte Enno. »Der Empfänger behauptet nämlich, der Betrag wäre nicht bei ihm angekommen. Ist es möglich, dass die Summe wegen eines Zahlendrehers in der Kontonummer wieder zurückgebucht worden ist?«

Wieder verstummte die Leitung für einen Moment. Wieder hörte Enno nur die rhythmischen Atemgeräusche seiner Gesprächspartnerin und das Klacken der Tastatur. »Nein«, antwortete sie schließlich. »Ich habe keine Rückbuchung über achttausend Euro gefunden. Zur Sicherheit habe ich auch noch schnell die Entwicklung des Kontosaldos seit dem Überweisungseingang durch Ihren Kunden überprüft. Seitdem ist es aber zu keiner nennenswerten Gutschrift mehr gekommen. Der Kontostand des Nachlasskontos bewegt sich seither konstant unterhalb von fünfhundert Euro.«

»Vielen Dank! Sie haben mir sehr weitergeholfen. Ich wünsche Ihnen noch einen schönen Arbeitstag.« Enno beendete das Gespräch und schaute Hedda zufrieden lächelnd an.

»Herr Pichler«, flötete Hedda anerkennend und legte ihm eine Hand auf die Brust. »Wenn ich könnte, würde ich Sie jetzt an Ihrer Krawatte direkt in mein Bett schleifen.« Sie hatte sich das ganze Telefonat über Enno als Banker im Anzug vorgestellt und mit jeder weiteren Sekunde befunden, dass er im Businessoutfit verdammt sexy aussehen würde.

Eine halbe Stunde und ein erotisches Rollenspiel später lagen die beiden keuchend, erschöpft und glücklich nebeneinander im Bett und starrten auf die weiß gestrichene Raufasertapete an ihrer Zimmerdecke. Sie genossen es, still nebeneinanderzuliegen und nur die Hitze ihrer Körper zu spüren. Erst nach einigen Minuten kehrten ihre Gedanken wieder zu ihrer Ermittlungsarbeit zurück.

»Ich glaube, du musst bald mit mir Fußball gucken.« Enno drehte den Kopf zur Seite und schaute Hedda grinsend an.

Auch Hedda neigte jetzt ihren Kopf in Ennos Richtung. »Nur weil Eddys Neffe die achttausend Euro an Hein Möllmann gezahlt hat, heißt das noch lange nicht, dass er nicht trotzdem der Mörder sein kann. Und genauso wenig macht es deinen Kandidaten zum Täter.«

»Aber meine Chancen sind gestiegen«, gab Enno siegessicher zu bedenken.

»Dem Abschiedsbrief aus dem Schließfach zufolge hatte Eddy Heinrich wirklich vorgehabt die Reise anzutreten«, sagte Hedda. »So wie der Brief geschrieben war, muss er davon ausgegangen sein, dass er erst nach seinem Thailand-Urlaub gelesen wird. Ich gehe daher immer mehr davon aus, dass er tatsächlich einem Mord zum Opfer gefallen ist.«

»Und Hein Möllmann hat definitiv die achttausend Euro bekommen.« Enno schoss ein Gedanke durch den Kopf, der ihn reflexartig veranlasste, sich mit der flachen Hand vor den Kopf zu schlagen. »Ich Idiot!«, seufzte er. »Ich habe vergessen, die

Bankmitarbeiterin zu fragen, ob auf dem Konto von Eddy ein Geldeingang über fünftausend Euro von Hein Möllmann verbucht war.«

Die junge Ermittlerin legte die Stirn in Falten. »Warum wäre das wichtig gewesen?«, fragte sie.

»Nun ja, wenn Hein Möllmann das Geld bekommen hat, ohne selbst die fünftausend Euro an Eddy zu zahlen, dann hat er doch einen noch viel größeren Gewinn gemacht«, erklärte der ehemalige Polizist seine Gedankengänge.

»Stimmt«, leuchtete es jetzt auch Hedda ein. »Den Reisepreis musste er ja auf jeden Fall nicht bezahlen, maximal die Stornogebühren.«

»Was ihn wiederum noch verdächtiger werden lässt, als er es ohnehin schon war«, triumphierte Enno hinsichtlich seiner Wette. »Soll ich dir schon mal ein Werder-Trikot bestellen?«

Hedda wollte die Überheblichkeit ihres Freundes gerade mit einer Kitzelattacke kontern, als plötzlich ihr Diensthandy klingelte.

Mit einem zufriedenen Lächeln auf dem Gesicht beobachtete Enno, wie Hedda nackt aus dem Bett sprang und zu der Kommode lief, auf der sie das Mobiltelefon deponiert hatte. Er fand die Kehrseite seiner Verlobten nämlich genauso sexy wie alles an ihr.

»Es ist Karsten«, stellt Hedda überrascht fest, nachdem sie einen flüchtigen Blick auf das Display geworfen hatte. Dass sie den IT-Fachmann mit der Klärung einiger Fragen beauftragt hatten, war ihr kurzfristig komplett entfallen.

24. Kapitel

Münzspielereien

»Moin Karsten«, begrüßte Hedda ihren Kollegen. »Wie ist das Wetter auf Mallorca?«

Nachdem sie ein wenig Smalltalk betrieben hatten, kamen sie schnell auf die dienstlichen Themen zu sprechen. Über einen Trojaner hatte sich Karsten aus dem Urlaubshotel heraus in den PC von Sandro Prause gehackt. Dort hatte er unter anderem auch den Namen und die dazugehörige Adresse des Gärtners mit dem prallgefüllten Sternekonto herausgefunden.

»Allerdings muss ich euch sagen, dass die Aktivitäten des Mannes einwandfrei scheinen. Er war wirklich bei sehr vielen Leuten aktiv, aber lediglich Antje Grummer hat sich offiziell über seine Arbeitseinstellung beschwert«, berichtete Karsten.

»Woher weißt du das?«, wollte Hedda wissen.

»Die Excel-Tabelle von Herrn Prause ist wirklich sehr ausführlich. Wenn man das Gewirr an Unterseiten und Zahlen erst einmal durchschaut hat, lässt sich jede einzelne Transaktion wirklich gut nachvollziehen.«

»Und was ist nach Eddy Heinrichs Tod mit seinen Sternen passiert?«

»Die hat Sandro Prause alle auf sein Konto übertragen«, antwortete Karsten. »Ich habe gesagt, alle Transaktionen sind eindeutig nachvollziehbar, nicht, dass sie gerechtfertigt gewesen wären«, konkretisierte er seine erste Aussage.

»Gab es neben der Beschwerde von Antje Grummer generell noch weitere Streitfälle im Zusammenhang mit Dienstleistungen, die mit Greetsieler Zeittalern bezahlt wurden?«, fragte Hedda.

»Gemäß der Tabelle war es tatsächlich der einzige Vorgang, bei dem das Schiedsgericht ein Urteil fällen musste. Aber ich habe noch etwas anderes herausgefunden, was für euch vielleicht interessant sein könnte.«

»Schieß los!«

»Ich habe mir die letzten Sterne-Transaktionen unseres Toten angesehen. Und jetzt ratet mal, wer die letzte Person war, die zu Lebzeiten für ihn eine Dienstleistung erbracht hat und dafür mit Greetsieler Zeittalern bezahlt wurde.«

»Hein Möllmann«, gab die junge Ermittlerin einen Tipp ab. Da ihr bisheriger Favorit nicht in Norddeutschland lebte und zudem durch die bereitwillige Zahlung der achttausend Euro etwas aus dem Fokus gerückt war, borgte sie sich für den Moment einfach mal Ennos Wunschtäter aus.

»Nein«, antwortete Karsten. »Es war die gleiche Frau Grummer, die sich als Einzige jemals offiziell über eine Sterne-Transaktion beschwert hat. Sie hat noch am Todestag Sterne von Eddy Heinrichs Konto übertragen bekommen. Gemäß den Unterlagen hat sie für ihn das Abendessen zubereitet. Sie dürfte demnach eine der letzten Personen gewesen sein, die ihn noch lebend gesehen hat.«

»Das ist ja interessant.« Heddas kriminalistischer Spürsinn nahm sofort die Arbeit auf. Hatte die alte Dame ihn umgebracht, um sich für den aus ihrer Sicht ungerechten Schiedsspruch zu rächen? »Kannst du zufällig sehen, an welchem Tag der Gärtner, mit dessen Arbeitseinstellung Frau Grummer nicht zufrieden war, bei ihr gewesen ist und wann genau der Schiedsspruch verkündet wurde?«

Karsten klickte sich mit der Maus zu der betreffenden Seite der Tabelle durch, die er längst auf seinen eigenen Rechner kopiert hatte. Dann teilte er ihr das Datum mit.

»Das kann doch kein Zufall sein«, reagierte Hedda vollkommen verblüfft auf seine Antwort.

***

Zum zweiten Mal in dieser Woche parkte Enno seinen Polo vor genau den Reihenhäusern, in denen Sandro Prause und Antje Grummer wohnten.

»Denkst du wirklich, die alte Dame könnte etwas mit Eddy Heinrichs Tod zu tun haben?« Skeptisch schaute Enno seine Freundin an.

»Ich kann es mir doch auch nicht vorstellen.« Hedda zuckte mit den Schultern. »Aber du musst zugeben, dass die zeitlichen Zusammenhänge schon sehr merkwürdig sind. Zuerst gibt es Streit zwischen Antje Grummer und dem angeblich arbeitsfaulen Gärtner.

Genau eine Woche danach wird ein Schiedsspruch gesprochen, mit dem die rüstige Dame nicht einverstanden ist. Und nur zwei Tage später werden bei Eddy Heinrich und Sandro Prause – den beiden verantwortlichen Ombudsmännern - die Gärten verwüstet, die Fensterscheiben beschmiert und die Wäsche zerschnitten.«

»Ich traue der alten Dame durchaus zu, dass sie sich für den aus ihrer Sicht unfairen Schiedsspruch an Sandro und Eddy gerächt hat. Aber einen Mord …« Der ehemalige Polizist verstummte mitten im Satz und schaute stattdessen Hedda nur fragend an. »Das kann ich mir einfach nicht vorstellen.«

»Wir werden schon noch herausfinden, wer für Eddys Tod verantwortlich ist.« Entschlossen öffnete Hedda die Beifahrertür und stieg aus. Mittlerweile war sie sich vollkommen sicher, dass der Mitbegründer des Greetsieler Zeittalers sich nicht freiwillig das Leben genommen hatte.

Während die beiden vor der Tür standen und warteten, überkam Hedda sofort wieder dieses schwache, aber nicht zu leugnende Unbehagen. Hatte sie ihre Gefühle beim ersten Besuch fälschlicherweise ignoriert? War es doch möglich, dass die rüstige alte Dame Eddy ermordet hatte?

Die Haustür öffnetet sich und Antje Grummer lugte vorsichtig durch den Türspalt nach draußen. Als sie die beiden erkannte, hellten sich ihre Gesichtszüge sofort auf. Sie öffnete die Tür so weit wie möglich und bat die unerwarteten Besucher freudestrahlend hinein.

»Ich sitze gerade hinten im Garten und genieße das sonnige Wetter.« Im Stil eines Verkehrspolizisten winkte sie ihre Gäste zur Terrassentür durch. Sie selbst blieb jedoch auf halber Strecke stehen. »Möchten Sie auch ein Stück Kuchen und eine Tasse Tee?«

»Machen Sie sich keine Umstände«, antwortete Enno und schaute sich zu der netten alten Dame um. *Die soll eine Mörderin sein?*, dachte er. *Niemals!* Doch als er sich wieder umdrehte, um Hedda in den Garten zu folgen, zuckte er erschrocken zusammen. »Hedda«, rief er mit fassungslos heiserer Stimme. Für den Bruchteil einer Sekunde fühlte er sich wie gelähmt. Dann schrie er ein weiteres Mal. Dieses Mal jedoch so laut, dass Antje Grummer in der Küche vor Schreck die Teekanne aus der Hand fiel.

25. Kapitel

Der Zusammenbruch

»Hedda, was ist mit dir?« Enno hatte sich neben seine bewusstlos am Boden liegende Verlobte gekniet und tätschelte ihre Wangen. Dann beugte er sich über ihren Kopf, hielt sein Ohr ganz dicht vor ihre Nase und stellte schließlich erleichtert fest, dass sie noch atmete.

»Soll ich einen Arzt rufen?«, fragte Antje Grummer besorgt. Sie war aus der Küche nach draußen geeilt und stand jetzt direkt hinter ihm.

Unsicher schaute Enno über die Schulter. »Das ist wahrscheinlich das Vernünftigste«, antwortete er, obwohl er sich absolut sicher war, dass Hedda keine Lust darauf hatte, für eine Nacht oder länger zur Beobachtung im Krankenhaus zu bleiben.

»Kein Arzt«, krächzte Hedda leise und schlug die Augen wieder auf.

»Hey, da bist du ja wieder.« Tränen der Erleichterung stiegen Enno in die Augen. Er wollte nicht weinen, konnte dem Druck aber letztlich nicht standhalten. Der kurze Schockmoment, in dem er geglaubt hatte, seine geliebte Freundin vielleicht für immer verloren zu haben, saß einfach zu tief.

Hedda streckte die Hand aus und wischte ihm die Tränen von den Wangen. »Mir geht es gut«, versuchte sie ihn zu beruhigen. Aber ihr blasses Gesicht sprach eine ganz andere Sprache.

»Was ist denn eigentlich passiert?«, wollte Enno wissen. »Sollen wir nicht doch lieber einen Arzt rufen?«

Kaum sichtbar schüttelte sie mit dem Kopf. »Keinen Arzt«, beteuerte sie ein weiteres Mal. »Mir ist nur schlagartig schwarz vor Augen geworden. Da war so ein Gefühl …« Sie fixierte seine Augen. »Das hatte ich doch schon öfter. Nur so heftig wie gerade war es noch nie.«

Enno wusste sofort, was Hedda ihm sagen wollte. Es wäre schließlich nicht das erste Mal, dass ihre unerklärlichen Empfindungen sie bei den Ermittlungen auf die richtige Fährte lotsten. Unbewusst warf er einen prüfenden Sicherheitsblick zu Antje Grummer hinüber. War sie etwa doch eine kaltblütige

Mörderin?

»Ich hole Ihnen ein Glas Wasser«, sagte die alte Dame und wollte sich gerade wieder zurück ins Haus begeben, als Enno sie im scharfen Befehlston zurückpfiff.

»Sie gehen nirgendwo hin!«

Verdutzt, aber auch ein wenig ängstlich schaute Antje Grummer den jungen Mann an, der sich zwischenzeitlich wieder aus seiner knienden Position erhoben hatte. »Wie bitte?«, fragte sie nach. Sie ging fest davon aus, sich verhört zu haben.

Der ehemalige Polizist postierte sich direkt im Rahmen der Terrassentür und versperrte somit den Zugang zum Haus. »Erst einmal erzählen Sie uns, was Sie mit dem Tod von Eddy Heinrich zu tun haben.«

Der alten Frau blieb vor Überraschung der Mund offen stehen. »Sind Sie verrückt geworden?«

Mühsam rappelte Hedda sich auf, wankte einen Meter zurück und ließ sich auf einen Gartenstuhl fallen, der direkt an der Hauswand stand. »Enno, wir …«, versuchte sie, ihren Freund zu bremsen.

Doch Enno war durch die Gesamtsituation so durcheinander, dass er sich nicht mehr stoppen ließ. »Meine Verlobte hat die unerklärliche Fähigkeit schlimme Verbrechen zu spüren.« Er holte tief Luft. Hatte er das gerade etwa wirklich laut gesagt? »Außerdem wissen wir, dass Sie am Abend vor Eddy Heinrichs Tod noch für ihn gekocht haben.«

Wider Erwarten machte Antje Grummer zwei energische Schritte auf Enno zu. Direkt vor ihm blieb sie stehen, reckte ihren rechten Arm empor und zog ihn einmal heftig am Ohrläppchen. Sie war so klein, dass sie sich für diese Aktion ganz schön strecken musste.

»Aua!«, schrie Enno überrascht auf und hielt sich das schmerzende Ohr. »Was sollte das denn?«

»Bevor ich hier meine Beichte ablege, will ich von dir Bürschchen erst einmal wissen, wer ihr beide wirklich seid.«

»Wir … Sie wissen doch, wer wir sind«, versuchte Enno der Frage auszuweichen. Im gleichen Moment fiel ihm siedend heiß ein, welchen Fehler er begangen hatte. Er hatte seine Verlobte laut und deutlich bei ihrem echten Vornamen gerufen, als er sie leblos auf dem Boden liegen gesehen hatte. Und auch Hedda hatte in ihrem Zustand nicht daran gedacht, ihn mit dem Namen anzusprechen, den sie sich selbst für ihn ausgedacht hatte. Waren

Antje Grummer diese Fehler etwa aufgefallen?

»Wir ermitteln undercover im Mordfall Eddy Heinrich«, mischte sich jetzt auch Hedda in den Disput ein.

»Eddy wurde ermordet?«

»Das wissen wir noch nicht genau, aber wir überprüfen es gerade.«

»Also seid Ihr von der Polizei?«, kombinierte die rüstige Rentnerin.

»Nicht direkt«, gestand Enno ein.

Antje Grummer schaute zu Hedda hinüber, die immer noch ziemlich benommen auf einem ihrer Gartenstühle saß. Dann wandte sie sich wieder Enno zu. »Und weil Ihre Verlobte …«, sie machte eine kurze Pause. »Ihr seid doch verlobt oder stimmt das etwa auch nicht?«

»Der Part stimmte«, antwortete Enno schuldbewusst.

»Und weil Ihre Verlobte …«, setzte Antje Grummer erneut an und warf einen mitfühlenden Blick zu Hedda hinüber, »… auf meiner Terrasse in Ohnmacht gefallen ist, glauben Sie jetzt, ich hätte Eddy umgebracht?«

Der ehemalige Polizist nickte. Wenn man diesen Satz hörte, ohne von Heddas bisherigen Eingebungen zu wissen, klang er wirklich vollkommen abgedreht.

»Ist sie so ein Wesen wie aus ›Minority Report‹?«, fragte die alte Dame, ohne dass es in irgendeiner Form herablassend klang.

Enno war überrascht, dass seine Gesprächspartnerin den Science-Fiction-Film aus dem Jahr 2002 kannte. Darin gab es seherisch begabte Wesen, die sogenannten Pre-Cogs, die Verbrechen sahen, bevor sie in Wirklichkeit geschahen. Aufgrund ihrer Visionen wurden daraufhin die Täter festgenommen, noch bevor sie die eigentliche Straftat begehen konnten. »Es ist so ähnlich«, sagte Hedda. »Können wir vielleicht drinnen weitersprechen. Ich halte es hier draußen nicht länger aus.«

Während die junge Ermittlerin von ihrem Verlobten gestützt wurde, ging Antje Grummer vorweg ins Haus und kündigte an, jetzt doch ein Glas Wasser zu besorgen. »Ich werde Ihnen schon nicht weglaufen«, lachte sie und zwinkerte Enno dabei schelmisch zu.

Nachdem auch Hedda und Enno in der kleinen Küche eingetroffen waren, setzten sich alle an den schmalen Holztisch. Hedda nahm nacheinander ein paar kleinere Schlucke Leitungswasser. Dann lehnte sie sich zurück, schnaufte einmal tief durch und schaute Antje Grummer dankend an. »Jetzt geht es mir schon viel besser. Danke!«

Die alte Dame lächelte kurz, setzte aber schon im nächsten Augenblick wieder eine ernstere Miene auf. »Dann kann ich jetzt bei Ihnen meine Beichte ablegen?«

Enno und Hedda warfen sich einen flüchtigen Blick zu. Hatte Heddas Gefühl ihnen die Täterin etwa auf dem Silbertablett serviert?

26. Kapitel

Die Beichte

»Ja, ich habe mich über Eddy und Sandro maßlos geärgert. Ihr Schiedsspruch war einfach unfair«, begann Antje Grummer ihren Bericht. »Und ja, ich war auch am Abend vor Eddys Tod bei ihm zu Hause, um ihm das Abendessen zu bringen, was ich für ihn gekocht hatte.«

Wieder tauschten Hedda und Enno einen aufgeregten Blick, der ihrer Gesprächspartnerin dieses Mal aber nicht verborgen blieb.

»Aber was denken Sie denn, was dann passiert ist?«, übernahm die alte Dame plötzlich die Rolle der Fragenden. »Denken Sie, ich habe das Essen vergiftet, Eddy danach entkleidet, seinen leblosen Körper in die Wanne geschleift, Wasser eingelassen und zur Vertuschung einen Föhn hineingeworfen?«

Eine gute Idee für einen Krimi, überlegte Hedda und machte sich für eines ihrer zukünftigen Buchprojekte eine gedankliche Notiz.

»Schauen Sie mich doch einmal an.« Antje Grummer stand auf, damit die beiden sie besser sehen konnten. »Wie soll ich denn bitteschön einen Kerl wie Eddy auch nur einen Meter weit schleppen? Meine künstlichen Hüftgelenke wären wahrscheinlich schon bei dem bloßen Versuch in sich zusammengebrochen.«

Da hat sie recht, dachte Enno. Dennoch vertraute er auf Heddas Gespür. »Aber vielleicht war ja auch gar nichts mit dem Essen und Eddy Heinrich ist hinterher einfach freiwillig in die Wanne gestiegen«, veränderte er die Theorie des Tatverlaufes.

Die taffe Rentnerin setzte sich wieder. »Guter Plan. Die Sache hat nur einen kleinen Haken.«

»Welchen?«, wollte Enno wissen.

»Ich hätte zu dem Zeitpunkt, in dem Eddy in die Wanne gestiegen ist, in seiner Wohnung sein müssen.«

»Waren Sie aber nicht?«, fragte Hedda.

Mit zusammengepressten Lippen schüttelte Antje Grummer mehrfach den Kopf.

»Und dafür gibt es Zeugen?« Aus zusammengekniffenen Augen beobachtete der ehemalige Polizist jede noch so kleine Regung im Gesicht der Verdächtigen.

»Ja, die gibt es«, gab sich Antje Grummer bewusst geheimnisvoll.

»Und würden Sie uns auch die Namen verraten?«, fasste Hedda nach. Trotz ihres übermächtigen Gefühls im Garten, mochte sie die alte Frau irgendwie und wollte einfach nicht daran glauben, dass sie eine Mörderin war.

»Als ich am besagten Abend bei Eddy geklingelt habe, um ihm sein Abendessen zu bringen, hat nicht er mir geöffnet, sondern jemand, den Sie auch bereits kennengelernt haben.«

Bereits zum dritten Mal mussten sich die beiden jungen Ermittler überraschte Blicke zuwerfen. Wen konnte die alte Dame nur meinen?

»Es war Gesine Prause«, lüftete Antje Grummer das Geheimnis. »Sie hat mir die Tür geöffnet und das Abendessen für Eddy entgegengenommen.«

»Und Sie haben es ihr einfach gegeben?«, fragte Hedda.

»Warum nicht? Gesine war öfter bei Eddy zu Hause. Sie hat sich um seine Wäsche gekümmert. Der ewige Junggeselle konnte ja weder eine Waschmaschine bedienen, noch hat er je in seinem Leben ein Hemd gebügelt.«

»Dann haben Sie Eddy Heinrich an diesem Abend überhaupt nicht mehr zu Gesicht bekommen?«, stellte Enno eine Verständnisfrage.

Wieder schüttelte Antje Grummer nur vielsagend mit dem Kopf.

»Dann waren nicht Sie die letzte Person, die Eddy lebend gesehen hat, sondern wahrscheinlich Gesine Prause«, kombinierte Hedda.

»Damit haben Sie vollkommen recht. Ich habe mich nach Eddys Tod nur ein einziges Mal ganz kurz mit Gesine darüber unterhalten. Die Tatsache, dass sie ihn als Allerletzte lebendig gesehen hat, schien ihr sehr zu schaffen gemacht zu haben.«

»Aber warum bist du dann gerade im Garten zusammengebrochen?«, wandte sich Enno an Hedda. »Kann es daran liegen, dass der Garten der Prauses direkt an diesen hier grenzt?«

»Das glaube ich nicht.« Hedda schüttelte den Kopf. Sie verstand selbst nicht, was da eben mit ihr geschehen war.

»Vielleicht kann ich das erklären.« Antje Grummer hob vorsichtig die Hand, als sei sie eine Grundschülerin, die sich noch nicht ganz sicher war, ob ihre Antwort tatsächlich zu der Frage der Lehrerin passen würde. »Sie sagten, Sie haben eine Art Gespür für Verbrechen?«, wandte sie sich an Hedda.

Die nickte nur. Da sie sich ihre Gabe selbst nicht erklären konnte, fiel es ihr umso schwerer, sie anderen Menschen begreiflich zu machen.

»Wie gesagt, es gibt da nämlich doch etwas, was ich Ihnen beichten muss.« Antje Grummer schloss die Augen und seufzte schwer. Es war ihr anzusehen, dass es sie einige Überwindung kostete, ihr Gewissen zu erleichtern. »Ich habe die Gärten von Sandro und Eddy verwüstet, ihre Fenster beschmiert und die Wäsche zerschnitten.«

Wusste ich es doch, dachte Hedda und erinnerte sich an den engen zeitlichen Zusammenhang zwischen dem Schiedsspruch und den Vorfällen.

»Es sollte so aussehen, als wären es die Mitglieder der GZKJ-Initiative gewesen. Ich war damals so wütend …«, ungläubig schüttelte Antje Grummer den Kopf, »dass ich mich irgendwie abreagieren musste.«

»Aber Sie haben sich hinterher nicht besser gefühlt, stimmt's?« Mitfühlend schaute Enno die alte Dame an. Hatte sie etwa doch den Föhn ins Wasser geworfen?

Die schnaubte schwer. »Absolut nicht«, stimmte sie dem jungen Ermittler zu.

»Und darum ist dann Ihr Streit mit Eddy auch eskaliert?«, fragte Hedda behutsam nach. Sie vertraute auf ihr Gefühl. Irgendetwas Schreckliches musste im Umfeld der alten Dame geschehen sein.

»Streit? Es gab keinen weiteren Streit zwischen mir und Eddy. Im Gegenteil. Wegen meiner Racheaktion hatte ich ein so schlechtes Gewissen, dass ich sogar besonders nett zu ihm gewesen bin. Ich habe ihm in den folgenden Tagen echt aufwendige Gerichte gekocht und bei der Berechnung der Zeittaler nur einen Teil meines tatsächlichen Zeitaufwands berechnet.«

»Aber …« Die junge Ermittlerin rang nach den richtigen Worten. Irgendwie mochte sie die alte Dame und konnte ihr daher nicht auf den Kopf zusagen, dass sie davon ausging, dass sie die Mörderin von Eddy Heinrich sein musste. Anders konnte sie sich das übermächtige Gefühl, dass sie im Garten verspürt hatte, einfach nicht erklären.

Aus zusammengekniffenen Augen schaute Antje Grummer Hedda skeptisch an. »Ich kenne mich mit dieser Gabe, die Sie haben, nicht aus. Aber wenn Ihr Gefühl Ihnen sagt, ich habe Eddy ermordet, warum spüren sie das dann nur in meinem Garten und nicht auch hier im Haus?«

Verdutzt presste Hedda die Lippen zusammen. Darüber hatte sie noch gar nicht nachgedacht.

»Mal abgesehen davon, wurde Eddys Leiche ja nun auch in seiner Wohnung aufgefunden und lag nicht etwa in einem meiner Blumenbeete«, legte die taffe Rentnerin noch ein weiteres Argument nach.

Auch das leuchtete Hedda ein. Sie nahm einen Schluck Wasser, hoffte, so wieder einen klaren Kopf zu bekommen. Anscheinend hatte der Vorfall im Garten sie mehr mitgenommen, als sie bis eben gedacht hatte.

Plötzlich sprang Antje Grummer von ihrem Stuhl auf. »Moment mal!« Sie ging auf die Küchentür zu. »Ich glaube, ich weiß jetzt, was Ihnen in meinem Garten die Sinne geraubt haben könnte.« Sie verließ den Raum und kehrte nach kurzer Zeit mit einer vergilbten Zeitung in den Händen wieder zurück.

27. Kapitel

Unfassbares Leid

Antje Grummer schlug eine Seite auf und reichte die offensichtlich in die Jahre gekommene Tageszeitung an Hedda weiter. Am Datum oben rechts konnte man erkennen, dass sie aus dem Jahr 2001 stammte.

»Plattdeutsch soll Pflichtfach in der Grundschule werden«, las sie die Überschrift aus dem obersten Artikel vor. Irritiert legte sie die Stirn in Falten. Sie konnte sich nicht vorstellen, dass dieser Bericht etwas mit ihrem Zusammenbruch zu tun haben könnte.

»Nicht da.« Die Rentnerin stellte sich direkt neben Hedda und tippte auf einen Artikel, der weiter unten auf der Seite stand und die Überschrift ›Familientragödie in Greetsiel‹ trug.

Hedda räusperte sich. Dann las sie den Bericht für Antje Grummer, Enno und sich selbst laut vor:

»Am vergangenen Sonntagnachmittag ereignete sich ein tragisches Unglück in Greetsiel. Eine Familie feierte bei strahlendem Sonnenschein den sechsten Geburtstag der ältesten Tochter. Der größte Wunsch der Kleinen war ein Aquarium mit Goldfischen. Da die Eltern ihrer Tochter diesen Wunsch erfüllen wollten, hatte sie bereits am Abend vor dem Geburtstag ein kleines Aquarium eingerichtet.

Als nun die komplette Familie ins Haus ging, um die Überraschung zu enthüllen, vergaßen sie für einen kurzen Moment die dreijährigen Zwillinge. Während die Eltern zusammen mit den Großeltern und dem Geburtstagskind die neuen Haustiere bestaunten, schlugen sich die Jungen durch die noch nicht vollständig zugewachsene Hecke, die das elterliche Grundstück von dem der im Urlaub befindlichen Nachbarn trennte.

Nachdem die Familie in den Garten zurückgekehrt war, fiel ihnen die Abwesenheit der Kinder zwar sofort auf, aber da die Jungen sich schon oft im Garten versteckt hatten, war man nicht sofort besorgt, sondern setzte sich zunächst wieder an den Geburtstagstisch. Erst als der Tee verteilt und der Kuchen serviert war, machte sich die Familie langsam Sorgen. Der Ruf nach Süßem hatte die Zwillinge bis dahin noch immer aus jedem Versteck gelockt. Nachdem man erfolglos den ganzen Garten abgesucht hatte, schlug sich der Vater ebenfalls durch die Hecke auf das Nachbargrundstück durch. Dort fand er die leblosen Körper seiner Kinder in dem gerade einmal hüfthohen Gartenteich. Die sofort eingeleiteten Wiederbelebungsmaßnahmen der Familie blieben erfolglos. Die Rettungssanitäter, die zeitnah am Unfallort eintrafen, konnten zwar einen der Jungen wiederbeleben, doch auch er verstarb am nächsten Tag im Krankenhaus.

Die Familie steht unter Schock und wird von Notfallseelsorgern betreut. Wie genau es zu dem Unglück kommen konnte, kann die Polizei indes nur mutmaßen. Die Beamten gehen davon aus, dass einer der Zwillinge wahrscheinlich das Gleichgewicht verloren hat und ins Wasser gefallen ist. Sein Bruder könnte ihm die helfende Hand gereicht und dadurch selbst in die tödliche Falle geraten sein.

Gegenüber unserer Zeitung äußerte die Familie die Bitte, einen Appell an alle Eltern und Teichbesitzer senden zu dürfen. Der Tod ihrer Söhne soll nicht vollkommen sinnlos sein.

Bitte unterschätzt niemals die Neugierde eurer Kinder!

Bitte schützt eure Teiche vor den kleinen Entdeckern in eurer Nachbarschaft!

Einen Vorwurf macht die Familie den Gartenteichbesitzern dennoch nicht. ›Wir haben gewusst, dass dort ein Teich ist. Es war unsere Aufgabe, auf unsere Kinder aufzupassen. Es war unserer Fehler, es ist unsere Schuld! Damit müssen wir nun leben – bis zu unserem eigenen Lebensende‹, kommentierte der Vater mit Tränen in den Augen.

Die Familie hat unterdes beschlossen, aus Greetsiel wegzuziehen. Die schmerzlichen Erinnerungen, die mit dem Haus, dem Garten und dem Nachbarteich verbunden sind, können sie einfach nicht ertragen.

›Jeder hat eine andere Art, mit solch schweren Schicksalsschlägen umzugehen‹, erklärte die Familientherapeutin Franka Buchmann auf Anfrage unserer Zeitung und verwies in diesem Zusammenhang auf die ältere Schwester der verstorbenen Zwillinge. Sie hat ihre beiden Lieblings-Goldfische nach ihren geliebten Brüdern benannt.«

Die letzten Absätze hatte Hedda nur noch mit brüchiger Stimme lesen können. Doch kaum hatte sie den Artikel ausgelesen, konnte sie ihre Tränen nicht mehr zurückhalten. *Wenn die Zwillinge 2001 drei Jahre alt waren, dann wären sie heute genauso alt wie ich.* Der Gedanke an all das, was die Jungs nicht erleben durften und was vielleicht aus ihnen geworden wäre, hätten sich an diesem Tag nicht so viele unglückliche Umstände aneinandergereiht, machte sie vollkommen fertig.

»Ich habe die Zeitung vor vielen Jahren von einer Frau aus der Gegend bekommen, kurz nachdem ich hier eingezogen bin.« Tröstend legte Antje Grummer ihre Hand auf Heddas Oberarm. »Sie sagte mir, dass die Vorbesitzer meines Reihenhauses eben die Nachbarn waren, in deren Teich die Kinder ums Leben gekommen sind. Mich hat das sehr berührt, darum habe ich die Zeitung aufbewahrt. Irgendwie habe ich es nicht übers Herz gebracht, sie wegzuwerfen.«

Aus verheulten Augen schaute Hedda sie an. War es wirklich möglich, dass ein Ereignis, dass bereits so viele Jahre zurücklag, in ihr diese heftigen Gefühle ausgelöst hatte?

»Der Teich war schon weg, als ich das Haus gekauft habe. Aber vielleicht …« Antje Grummer sprach nicht weiter, sondern schenkte der jungen Ermittlerin stattdessen einen mitfühlenden Blick. Sie glaubte an die magische Kraft der Sterne. Demnach gab es für sie keinen Grund, an den übernatürlichen Fähigkeiten gewisser Menschen zu zweifeln.

Nach ein paar weiteren Minuten, tröstenden Worten und einer liebevollen Umarmung von Enno, hatte Hedda sich wieder gefangen. Die Argumentation von Antje Grummer erschien den beiden schlüssig. Keiner von ihnen glaubte mehr daran, dass die alte Dame die Mörderin von Eddy Heinrich sein könnte.

»Vielen Dank für Ihr Verständnis.« Enno nickte Antje Grummer entschuldigend zu. Dass er sie im Garten derart harsch angegangen war, tat ihm jetzt furchtbar leid.

»Kein Problem. Sie haben sich Sorgen um Ihre große Liebe gemacht. Da gehen einem die Nerven schon mal durch. Passen Sie gut auf Ihre Verlobte auf.«

»Das werde ich.« Ein Lächeln huschte über sein Gesicht.

»Können Sie uns bitte den Gefallen tun und niemandem verraten, dass wir in Wirklichkeit nicht als Reporter hier sind?«, bat Hedda.

»Selbstverständlich«, antwortete Antje Grummer und ließ keinen Zweifel daran, dass sie es auch genauso meinte. »Würden Sie mir im Gegenzug denn auch einen Gefallen erweisen?«

Hedda und Enno schauten sich an. »Klar«, echoten sie und mussten augenblicklich über sich selber lachen. Es war nicht das erste und bestimmt auch nicht das letzte Mal, dass sie beide das Gleiche zur selben Zeit sagen wollten.

»Bitte erzählen Sie meinen Nachbarn nicht, dass ich das mit dem Garten, der Wäsche und den Fensterscheiben gewesen bin.« Beschämt senkte sie den Kopf. »Das muss und werde ich selbst erledigen.«

»Wir verraten kein Wort«, versprach Enno, öffnete die Tür und trat hinaus.

Hedda folgte ihm. Als der Blick der jungen Ermittlerin jedoch auf den Hauseingang der Familie Prause fiel, blieb sie abrupt stehen.

28. Kapitel

Inkassobüro

Der durchtrainierte Mann mit den kurzgeschorenen Haaren und der verspiegelten Sonnenbrille, der vor der geöffneten Haustür stand und mit Gesine Prause redete, löste bei Hedda sofort ein ungutes Bauchgefühl aus. Und auch Enno konnte mit dem Anblick des Schlägertypen, der zur schwarzen Anzughose ein kurzärmliges weißes Hemd und eine blutrote Krawatte trug und aussah, wie man sich ansonsten einen Türsteher im Rotlichtmilieu vorstellte, keine positiven Erfahrungen verknüpfen.

Als die beiden jungen Ermittler das Grundstück von Antje Grummer verließen, blieben sie noch einen Moment lang auf dem Bürgersteig stehen und taten so, als würden sie sich über die Immobilien in der Nachbarschaft unterhalten. Als schließlich auch der Unbekannte das Grundstück der Familie Prause verließ, konnten sie ihn noch einmal aus der Nähe betrachten. Seine versteinerte Miene zierte eine große, plattgedrückte Nase. Auf seinem rechten, muskulösen Oberarm waren zwei gegeneinander gerichtete Boxhandschuhe tätowiert worden. Grußlos ging er an den beiden vorbei und setzte sich in einen schwarzen Porsche, den er direkt vor dem Haus geparkt hatte. Mit laut aufheulendem Motor fuhr er davon.

»Der hatte ja mal so eine richtige Boxervisage«, grinste Hedda.

»Ich tippe auf Inkassobüro«, entgegnete Enno. In seiner Zeit als Polizist hatte er schon einige der zwielichtigen Geldeintreiber zu Gesicht bekommen. Und dieser hier passte genau in das Klischee, das er sich damals gebildet hatte.

»Du meinst, die Prauses sind verschuldet?« Hedda dachte an ihren Besuch bei der Familie. »Das Haus war ja schon ziemlich heruntergekommen.«

»Das werden wir jetzt rausfinden«, sagte Enno entschlossen. »Komm!« Er packte sie bei der Hand und zog sie Richtung Haustür.

»Was hast du vor?«, zischte sie ihm zu. Die spontane Entschlossenheit ihres Freundes gefiel ihr zwar gut, kam ihr aber in letzter Zeit doch etwas zu häufig vor. Zur Abwechslung würde sie sich auch ganz gerne mal wieder auf das vorbereiten, was ihr unmittelbar bevorstand.

Doch auch dieses Mal stellte Enno sie vor vollendete Tatsachen, indem er einfach auf den Klingelknopf der Prauses drückte. Dabei legte er seinen Kopf in den Nacken und schaute wieder zu dem Fenster hinauf, bei dem bei ihrem ersten Besuch die Gardinen gewackelt hatten. Und tatsächlich, auch dieses Mal bewegte sich der Stoff ganz vorsichtig und eine Gestalt spähte zu ihnen hinaus.

»Guten Tag«, tat Gesine Prause überrascht, nachdem sie kurz darauf die Haustür öffnete.

»Guten Tag«, entgegnete Enno freundlich. Er war sich absolut sicher, dass die Hausbewohnerin bereits wusste, wer vor der Tür stand, noch bevor sie diese geöffnet hatte. »Stören wir oder haben Sie vielleicht ein paar Minuten für uns?«

Unsicher schaute Gesine Prause an den beiden Ermittlern vorbei zum Gartentor des Grundstücks.

Ob sie sich nach dem Boxer umsieht?, fragte Hedda sich.

»Mein Mann ist gerade nicht da«, drückte sich Gesine Prause um eine Antwort herum.

»Ach ja«, tat jetzt Enno überrascht. »War der Typ, der gerade noch bei Ihnen war, nicht ein Freund Ihres Mannes?«

Entsetzt riss Gesine Prause die Augen auf. »Der, ein Freund meines Mannes? Wie kommen Sie denn darauf?«, fragte sie, als wäre es die abwegigste Annahme der Welt.

»Wir dachten, weil er auch einen Porsche fährt«, reagierte Hedda gedankenschnell. »Daher sind wir davon ausgegangen, dass die beiden sich vielleicht aus irgendeinem Motorsport-Club kennen.«

Gesine Prause dachte kurz über eine passende Antwort nach, entschied sich dann aber doch für ein Ausweichmanöver. »Wie gesagt, mein Mann ist nicht da«, wiederholte sie achselzuckend. »Tut mir leid.«

»Macht nichts. Wir wollten eigentlich auch sowieso zu Ihnen«, sagte Enno schnell, ehe seine Gesprächspartnerin die Haustür komplett schließen konnte.

Sichtlich überrascht schaute Gesine Prause ihre Besucher an. »Sie wollen zu mir?«

»Ganz genau«, bestätigte Hedda. »Wir haben nur noch ein paar Fragen zu unserem Artikel. Dauert auch nicht lange.« Ohne eine Reaktion abzuwarten, machte sie zwei Schritte nach vorne und stand damit quasi mitten auf der Türschwelle.

Überrumpelt öffnete Gesine Prause die Tür und ließ die beiden vermeintlichen Journalisten hinein. Sie hatte allerdings keine Lust, den ungebetenen Besuchern einen Platz in ihrer Küche oder gar im Wohnzimmer anzubieten. Darum blieb sie einfach im Hausflur stehen, verschränkte missmutig die Arme vor der Brust und schaute ihre Gäste desinteressiert an. »Was wollen Sie denn noch wissen? Mit dem Greetsieler Zeittaler habe ich überhaupt nichts zu tun, das macht alles mein Mann.«

»Das stimmt ja nun nicht«, konterte Hedda, ohne dabei auch nur eine Miene zu verziehen.

»Wie meinen Sie das?«, fragte Gesine Prause erschrocken.

»Nun, wir haben erfahren, dass Sie auch Dienstleistungen im Rahmen des Greetsieler Zeittalers anbieten«, konkretisierte Hedda und setzte nun ein entspanntes Lächeln auf. Sie wollte ihre Gesprächspartnerin lieber nicht zu sehr verunsichern.

»Ach so«, reagierte Gesine Prause entsprechend erleichtert. »So gesehen, haben Sie natürlich recht.« Sie lachte, konnte ihre steigende Anspannung damit aber nicht verbergen.

»Und genau deshalb wollten wir zu Ihnen«, sagte Enno.

»Aha.« Die Augen von Gesine Prause zuckten unsicher zwischen den beiden Ermittlern hin und her.

»Im Rahmen unserer Recherche haben wir herausgefunden, dass Sie am Abend vor Eddy Heinrichs Tod bei ihm zu Hause waren, um seine Wäsche zu machen. Ist das richtig?« Ennos Gesicht wirkte plötzlich ähnlich versteinert wie das des Boxers.

»Ja … Ich …«, begann Gesine Prause nach Worten zu ringen. »Das ist richtig, aber was hat Eddys Tod denn damit zu tun?«

»Nun ja«, ergriff wieder Hedda das Wort. »Er war einer der Mitbegründer des Greetsieler Zeittalers und zudem ein Jugendfreund Ihres Mannes. Wahrscheinlich waren Sie der letzte Mensch, der ihn vor seinem Selbstmord noch gesehen hat. Diese Kombination birgt ein gigantisches emotionales Potential. Wir wollen diesen Aspekt daher unbedingt mit in unseren Artikel einbinden.«

»Sie wollen …«, begann Gesine Prause zögerlich, wurde dann aber schlagartig entschlossen. »Der Tod von Eddy war für meinen Mann und mich ein schwerer Schlag. Wir wollen daher nicht, dass sein Suizid in Ihrem Artikel thematisiert wird.«

Mit einer entschuldigenden Handbewegung und einem demütigen Kopfnicken versuchte Hedda, die aufgebrachte Frau zu beruhigen. »Dafür haben wir natürlich vollstes Verständnis.«

»Wenn Sie es nicht möchten, werden wir den Suizid Ihres Freundes selbstverständlich mit keinem Wort erwähnen«, pflichtete Enno ihr bei. Er hatte ohnehin alles erfahren, was er wissen wollte.

29. Kapitel

Zwei zu Eins

Als die beiden jungen Ermittler das Haus der Familie Prause wieder verließen, hörten sie von der Straße her plötzlich zwei Männerstimmen laut miteinander schimpfen.

»Dich sollte man zurück in die DDR schicken, die Mauer wieder aufbauen und zur Sicherheit noch Stacheldraht oben draufpacken!«, rief der eine.

»Wie wäre es, wenn wir die Mauer aus Glas bauen?«, stellte der andere eine ironische Gegenfrage. »Dann könnte ich dir den ganzen Tag dabei zusehen, wie du endlich lernst, deinen Job vernünftig zu machen!«

Bei den beiden Streithähnen handelte es sich um Tjark Bruns, den Fensterputzer, den Hedda und Enno kurzzeitig auch auf der Verdächtigen-Liste hatten, und Sandro Prause, der gerade nach Hause zurückgekehrt sein musste.

Als der Mitbegründer des Greetsieler Zeittalers die beiden angeblichen Journalisten bemerkte, bemühte er sich, schnell einen entspannteren Gesichtsausdruck aufzusetzen. »Moin! Wollen Sie zu mir?«

»Nein«, antwortete Hedda knapp und wechselte sofort das Thema. »Laufen Ihre Begegnungen mit den Mitgliedern der GZKJ immer so ab?«

Sandro Prause wirkte negativ überrascht. Anscheinend hatte er gehofft, dass die Journalisten allenfalls seine Nachbarin Frau Grummer zu ihren negativen Erfahrungen mit dem Greetsieler Zeittaler befragen würden. Trotzdem bemühte er sich um eine souveräne Antwort. »Der werte Herr Fensterputzer hat es sich zur Zielstellung gemacht, mich bei jeder sich bietenden Gelegenheit an meine DDR-Vergangenheit zu erinnern.« Dabei machte er eine wegwerfende Handbewegung, so als seien ihm die provozierenden Kommentare eigentlich egal.

»Manche Leute werden es auch nie lernen«, kommentierte Enno. »Schönen Tag noch!« Er ging zu seinem Auto und ließ dabei nicht nur einen verdutzt dreinschauenden Sandro Prause zurück.

Auch Hedda fragte sich, ob sie die Gelegenheit nicht nutzen sollten, um intensiver mit ihm über die GZKJ zu sprechen. Immerhin hatten sie bisher weder Sandro Prause noch die aufgebrachten Greetsieler Geschäftsleute endgültig von der Liste der Verdächtigen gestrichen. »Gehen die übrigen GZKJ-Mitglieder auch so respektlos mit Ihnen um?«, fragte sie daher.

Sandro Prause dachte angestrengt über eine Antwort nach. Sollte er die Situation verharmlosen, um alles harmonischer erscheinen zu lassen, als es in Wirklichkeit war, oder sollte er die Wahrheit sagen, um damit seine Gegner in ein schlechtes Licht zu rücken und selbst besser dazustehen?

»Kommst du?«, rief Enno seiner Verlobten vom Auto aus zu. Gleichzeitig signalisierte er ihr durch ein Kopfnicken und einen intensiven Augenkontakt, dass er nicht nur versehentlich an Sandro Prause vorbeigegangen war.

»Ich komme!« Hedda verabschiedete sich von Sandro Pause und ließ ihn, noch ehe er auf ihre vorherige Frage antworten konnte, einfach stehen.

Kaum waren sie ein paar Meter mit dem Auto gefahren, fragte Hedda ihren Freund, warum er kein Interesse an einem weiteren Gespräch mit Sandro Prause gehabt hatte.

»Ich habe da so ein Gefühl«, antwortete Enno.

»Das ist ja mal ganz was Neues«, scherzte Hedda. »Soll ich lieber fahren, nicht dass du gleich auch noch ohnmächtig wirst.«

»Das ist nicht witzig. Ich habe mir in dem Moment wirklich große Sorgen um dich gemacht«, reagierte der ehemalige Polizist verärgert.

»Tschuldigung«, murmelte Hedda verlegen. Sie hatte sich noch gar keine Gedanken darüber gemacht, wie sich ihr Freund in dieser Situation gefühlt haben musste.

»Irgendwie habe ich das Gefühl, wir sollten die Prauses nochmal genauer unter die Lupe nehmen«, kam Enno wieder auf die Ermittlungsarbeit zurück.

»Hast du für dein Gefühl auch eine rationale Erklärung?«

Enno schaute zur Seite und grinste sie frech an. »Sicher habe ich die. Ich bin ja schließlich kein Pre-Cog, so wie du.«

Seine Anspielung auf die fiktiven Film-Wesen quittierte Hedda mit einem leichten Schlag auf seinen Oberarm. »Blödmann!«

Mit scheinbar schmerzverzerrtem Gesicht rieb Enno sich über die getroffene Stelle. »Wenn du mich nicht noch einmal schlägst, verrate ich dir auch meine Gründe.«

»Ich bitte darum.« Spielerisch drohte die junge Ermittlerin ihrem Freund erneut mit der geballten Faust.

»Also zunächst einmal ist da die Tatsache, dass Gesine Prause wahrscheinlich wirklich die letzte Person war, die Eddy lebendig zu Gesicht bekommen hat. Fandest du nicht auch, dass sie auf unsere Frage sehr merkwürdig reagiert hat?«

Hedda rief sich noch einmal den entsprechenden Dialog ins Gedächtnis. »Sie hat unseren Versuch, Eddys Suizid in den Artikel einzubinden, schon sehr abrupt unterbunden«, gab sie ihm schließlich recht.

»Das fand ich auch. Außerdem ist es doch auch irgendwie seltsam, dass Karsten in der Excel-Tabelle als letzte Transaktion auf Eddy Heinrichs Konto das Abendessen von Antje Grummer gefunden hat. Hätte dort nicht eigentlich der Wäscheservice von Gesine Prause vermerkt sein müssen?«

»Du meinst, Sandro Prause könnte die Dienstleistung seiner Frau extra unterschlagen haben, weil er polizeiliche Ermittlungen befürchtet hat?«

»Möglich wäre es auf jeden Fall. Und dann war da ja auch noch dieser muskelbepackte Boxerverschnitt. Also wenn das kein Geldeintreiber war, dann fresse ich einen Besen.«

»Du meinst, die Prauses haben ein Schuldenproblem?«, fragte Hedda.

»Da bin ich mir fast schon sicher«, bestätigte Enno die Vermutung seiner Freundin. »Wir sollten Karsten das auf jeden Fall überprüfen lassen.«

»Die arme Miriam, die hat sich ihren Urlaub auf Mallorca sicher auch anders vorgestellt.« Hedda fragte sich, ob die Frau, die der IT-Profi während ihrer Ermittlungen auf Borkum kennengelernt hatte, bereits ahnte, was ihr neuer Freund beruflich wirklich machte.

»Vielleicht haben die Prauses einen Plan, der ihre Finanzprobleme löst und irgendwie mit dem Greetsieler Zeittaler zu tun hat«, mutmaßte Enno.

»Und diesem Plan stand Eddy im Wege.«

»Ganz genau.« Nachdenklich knetete Enno seine Unterlippe.

»Aber eine Sache passt einfach nicht in diese Theorie.«

»Und welche?«

»Ich glaube, ich weiß jetzt, wer den anonymen Brief an die Zeitung geschrieben hat.«

30. Kapitel

Widersprüche

»Wie kommst du denn auf einmal darauf?«, fragte Hedda überrascht. Sie hatte den anonymen Brief, der letztlich die Ursache dafür war, dass sie überhaupt die Ermittlungsarbeit aufgenommen hatten, schon fast wieder vergessen.

»Es ist wegen dem, was Sandro Prause über den Fensterputzer gesagt hat«, erklärte Enno seine spontane Eingebung.

Hedda versuchte, sich daran zu erinnern, was der Porsche-Liebhaber alles zu ihnen gesagt hatte. Aber ihr war weder in dem Moment, noch jetzt im Rückblick, etwas Verdächtiges aufgefallen. »Was meinst du?«

»Er hat doch gesagt: ›Der werte Herr Fensterputzer hat es sich zur Zielstellung gemacht, mich bei jeder sich bietenden Gelegenheit an meine DDR-Vergangenheit zu erinnern.‹ Ist dir dabei nichts aufgefallen?«

In Gedanken ging Hedda den Satz noch zweimal durch, konnte aber immer noch keine Auffälligkeit feststellen. Dementsprechend nachdenklich starrte sie vor sich hin.

»Es geht nicht um den Inhalt des Satzes, sondern vielmehr um die Wortwahl. Hör nochmal genau hin: ›Der WERTE Herr Fensterputzer hat es sich zur ZIELSTELLUNG gemacht, mich bei jeder sich bietenden Gelegenheit an meine DDR-Vergangenheit zu erinnern.‹«, wiederholte Enno den Satz und betonte dabei zwei Wörter besonders deutlich.

»Du hast recht. Das sind die gleichen ungewohnten Wörter, die auch in dem anonymen Brief vorgekommen sind«, fiel bei der jungen Ermittlerin endlich der Groschen.

»Ganz genau. Ich glaube, das hat etwas mit seiner Herkunft zu tun. Warte mal. Ich checke das kurz.« Enno nahm sein Smartphone zur Hand und tippte etwas in die Suchleiste seines Browsers ein. Es dauerte nur einen kurzen Moment, bis er einen passenden Treffer hatte. »Wusste ich es doch!« Er reichte das Handy an Hedda weiter.

Die junge Ermittlerin las den Text, der sich mit Wörtern beschäftigte, die nahezu ausschließlich im ostdeutschen Sprachgebrauch verwendet wurden. Sie zückte ebenfalls ihr

Smartphone und lud sich die Kopie des anonymen Briefes auf ihr Display. Dann hielt sie die beiden Geräte direkt nebeneinander, um die Beispielwörter besser mit dem Brieftext abgleichen zu können. »Du hast recht«, bestätigte sie schließlich. »Neben der Anrede ›Werter‹ und der Verwendung des Wortes ›Zielstellung‹ statt dem bei uns gebräuchlichen ›Zielsetzung‹, hat er auch noch die Begriffe ›Pioniere‹, ›Kapitalisten‹ und ›Tal der Ahnungslosen‹ in seinem Brief benutzt.« Bei der Nennung des letzten Beispiels trat ein breites Lächeln auf ihr Gesicht.

»Was ist denn so witzig?«, fragte Enno.

»Weißt du, was ›Tal der Ahnungslosen‹ früher bedeutet hat?«

Unwissend zuckte der ehemalige Polizist mit den Schultern.

»Das war ein Begriff für die Regionen der DDR, in denen Funk und Fernsehen aus dem Westen nur schwer oder gar nicht zu empfangen waren. Die Bewohner dieser Gebiete galten als dementsprechend schlecht informiert, da sie nur auf die zensierten Nachrichten der DDR-Medien Zugriff hatten«, klärte Hedda ihn auf.

Jetzt musste auch Enno schmunzeln. »Und heute haben wir genau das gleiche Problem, nur anders herum.«

»Wie meinst du das?«

»Na, es gibt heute so viele Wege Nachrichten zu empfangen, dass manche Leute nicht mehr entscheiden können, welche Berichte vertrauenswürdig und welche gefaked sind«, erklärte Enno.

»Da hast du wiederum leider recht«, seufzte Hedda. »Und dafür muss man nicht einmal in einem undemokratischen Land wohnen.«

»So ist es leider. Aber lass uns wieder zu unserem Fall zurückkommen. Wenn ich mit meinem Verdacht richtig liege und Sandro Prause wirklich der Verfasser des anonymen Schreibens ist, dann stellt sich natürlich die Frage, warum er das gemacht hat.«

Hedda musste kurz überlegen, was gegen Sandro Prause als den Urheber des Briefes sprach. Er war Eddys langjähriger Freund. Beide hatten den Greetsieler Zeittaler zusammen aufgebaut. Wenn er wirklich daran glaubte, dass sein Kumpel sich nicht selbst getötet hatte, dann war es doch nachvollziehbar, dass er diesen Verdacht jemandem mitteilen wollte.

Da Enno merkte, dass seine Freundin nicht sofort verstand, worauf er hinauswollte, half er ihr auf die Sprünge. »Die Polizei hat nie am Suizid von Eddy Heinrich gezweifelt. Wenn die Prauses wirklich etwas mit seinem Tod zu tun haben, warum sollte Sandro dann den Versuch unternehmen, Ermittlungen wegen eines Morddeliktes in Gang zu setzen?«

Jetzt fiel auch bei Hedda der Groschen. Für einen kurzen Moment hatte sie schon wieder vergessen, dass Eddys Jugendfreund gerade erst im Ranking der Verdächtigen einen der oberen Plätze eingenommen hatte. »Das würde wirklich keinen Sinn ergeben. Aber wer könnte dann den Brief geschrieben haben?«

»Vielleicht Gesine Prause«, spekulierte Enno. »Laut Antje Grummer scheint die Ehe der beiden ja nicht besonders gut zu laufen. Vielleicht will sie ihren Mann so ein für alle Mal loswerden.«

»Aber Gesine kommt doch nicht aus der DDR«, warf Hedda ein.

»Stimmt.« Nachdenklich massierte sich Enno die Schläfen. »Vielleicht hat sie den Brief extra so formuliert, dass man glauben konnte, er wäre von ihrem Mann verfasst worden.«

»Aber wir haben doch gerade selbst gesagt, dass diese Annahme eher eine Entlastung für Sandro Prause wäre. Wieso also sollte sie das getan haben. Sie hätte den Brief ebenso gut in ihren eigenen Worten schreiben können«, hielt die junge Ermittlerin dagegen.

»Außerdem müssten wir uns dann auch fragen, warum sie nicht wollte, dass Eddys Tod in unserem Presseartikel thematisiert wird«, bekam jetzt auch Enno Zweifel.

Dieses Mal war es Hedda, die sich an der Unterlippe zupfte. »Vielleicht hat Sandro Prause inzwischen Wind davon bekommen, dass seine Frau den Brief geschrieben hat, und bedroht sie, damit sie nichts mehr gegen ihn unternimmt. Vielleicht war der Boxer ja gar kein Geldeintreiber, sondern wurde von Sandro selbst engagiert, um seine Frau einzuschüchtern.«

»Mir schwirrt der Kopf«, gab Enno zu und rieb sich mit der flachen Hand über die Stirn. »Jetzt denke ich nämlich plötzlich wieder darüber nach, wie das Ganze damit zusammenpasst, dass Gesine Prause kurz vor Eddys Tod noch bei ihm in der Wohnung war.«

»Vielleicht hat Sandros Frau ja mehr für Eddy gemacht, als nur die Wäsche«, fiel der jungen Ermittlerin ein neuer Ansatz ein.

»Du meinst, die hatten eine Affäre, Sandro Prause hat es herausgefunden und deshalb seinen alten Freund in der Badewanne getötet?«

31. Kapitel

Ein unerwarteter Besucher

Am nächsten Morgen klingelte es schon sehr früh an der Haustür von Heddas und Ennos Ferienwohnung.

Verschlafen guckte Enno auf den kleinen Radiowecker, der mit seiner grünen Digitalanzeige und den viel zu großen Ziffern das gesamte Zimmer leicht erhellte. »Wer zum Teufel klingelt denn so früh am Morgen«, brummte er verschlafen.

»Wer zum Teufel klingelt überhaupt hier? Es weiß doch kaum einer, dass wir hier sind.« Dieser Gedanke ließ Hedda schlagartig wach werden.

Auch Enno beunruhigten ihre Worte. Wie von der Tarantel gestochen sprang er aus dem Bett, eilte zur Wohnungstür und warf einen Blick durch den Türspion. »Mist«, sagte er. »Wer auch immer das ist, er oder sie muss noch unten vor der Haustür stehen.«

Die Ferienwohnung der jungen Ermittler lag im ersten Stock. Eine Gegensprechanlage gab es nicht. Auch durch die Fenster war der Haupteingang nicht einsehbar. Sie tauschten einen stummen Blick, dann drückte Enno den Knopf für den Türöffner. Angespannt schaute er durch den Türspion ins Treppenhaus, während Hedda schnell ins Schlafzimmer zurückgeeilt war, um sich etwas überzuziehen.

Enno sah eine großgewachsene, durchtrainierte Gestalt die Treppenstufen hinaufkommen. Sie hatte eine Baseballmütze auf dem Kopf und trug zudem eine Sonnenbrille. Konzentriert kniff er das Auge, mit dem er durch den Spion schaute, noch fester zusammen. »Wer ist das?«

Hedda schob ihren Freund zur Seite, um ebenfalls einen Blick auf den Unbekannten zu riskieren. Aber auch sie hatte keine Ahnung, wer da vor der Tür stand.

»Ich kann euch hören«, hörten sie plötzlich eine vertraute Stimme von draußen.

Sofort riss Hedda die Tür auf. »Karsten? Was machst du denn hier?«

Der sportliche IT-Profi legte seinen Zeigefinger vor die gespitzten Lippen.

»Komm rein«, flüsterte Enno ihm zu. Er verstand zwar nicht, was die Geheimnistuerei und die Verkleidung sollten, aber er wollte mit seinem Kollegen auch keine Diskussion darüber anfangen.

Kaum war die Tür wieder ins Schloss gefallen, bombardierte Hedda ihn mit ihren Fragen. »Müsstest du nicht auf Mallorca sein? Oder hast du deinen Urlaub nur wegen unserem Fall abbrechen müssen? Wo ist Miriam? Ihr hattet doch hoffentlich keinen Streit, oder?«

Verwirrt schaute Karsten Enno an.

»Das ist bei ihr normal«, lachte der, klopfte seinem Kollegen auf die Schulter und schob ihn in die Küche. »Tee?«

»Lieber Kaffee«, entgegnete Karsten und setzte sich auf einen der Stühle.

»Ich vergesse immer, dass du kein Ostfriese bist«, scherzte Enno und durchsuchte die Hängeschränke nach dem gewünschten koffeinhaltigen Getränk.

Währenddessen wandte sich Karsten wieder Hedda zu. »Miriams Sohn hat sich in der Schule mit Masern angesteckt. Seine Großeltern meinten zwar, sie hätten alles im Griff, aber Miriam wollte doch lieber sofort nach Hause fliegen. Sie kümmert sich jetzt um den Kleinen und ich habe plötzlich mehr Freizeit als geplant.«

»Und da hast du dir gedacht, du kommst uns einfach mal besuchen?«, fragte Enno.

»Natürlich nicht.« Karsten schüttelte lachend den Kopf. »Ich bin auf dem Weg nach Norderney, um mich dort mit einem alten Kumpel aus Bayern zu treffen, der da gerade Urlaub macht. Ich will nur einen Tag rüber und möchte daher die erste Fähre nehmen. Die Idee kam ganz spontan, genauso wie der Einfall, vorher noch kurz bei euch reinzuschneien. Ich wollte euch ja vorwarnen, aber irgendwie habt ihr eure Handys wohl aus.« Entschuldigend zuckte er mit seinen breiten Schultern.

»Wann hast du denn versucht, uns zu erreichen?«, fragte Hedda verwundert nach. Sie hatte tatsächlich keine Nachricht von ihm erhalten.

»So um zwei.«

»Zwei Uhr mittags?«, fragte Enno nach.

»Nö, zwei Uhr nachts.«

»Das ist ja gerade einmal ein paar Stunden her.« Hedda schlug sich mit der flachen Hand vor den Kopf. Wenn sie keine wichtigen Nachrichten erwarteten, stellten sie ihre Handys immer in den Flugmodus, um zumindest in der Nacht nicht unnötig gestört zu werden.

»Wie dem auch sei« lachte Karsten und machte dabei eine wegwerfende Handbewegung. »Ich bin hier, um euch mein neuestes Spielzeug zu geben. Vielleicht könnt ihr es ja bei euren Ermittlungen gebrauchen.« Er reichte Hedda eine unscheinbare Glühbirne.

»Was soll ich denn damit?«, fragte die junge Ermittlerin irritiert. »Geht da etwa ein Licht an, wenn wir alleine nicht weiterkommen?«

»Sehr witzig.« Im Bezug auf seine technischen Spielzeuge verstand Karsten keinen Spaß. »Das ist eine Wanze. Durch die Stromversorgung der Lampenfassung ist sie viel leistungsfähiger als batteriebetriebene Modelle. Wenn ihr das Ding in der Küche montiert, könnt ihr, trotz geschlossener Tür, auf der Toilette die Bewohner pupsen hören.« Er lachte laut auf. Offensichtlich war das genau seine Art von Humor.

»Eine traumhafte Vorstellung.« Angeekelt verzog Hedda das Gesicht.

Der IT-Profi legte einen schwarzen kleinen Kasten auf den Küchentisch. »Das ist der Empfänger. Die Reichweite beträgt circa fünfhundert Meter.«

Enno nahm den kleinen Lautsprecher in die Hand und untersuchte die seitlich angebrachten Schalter.

Karsten trank den letzten Schluck Kaffee und ging Richtung Wohnungstür. »Na denn«, sagte er und hob den Arm zum Abschiedsgruß.

»Willst du schon wieder los?«, fragte Enno überrascht. Er wollte Karsten unbedingt noch um etwas bitten.

»Ich will die Fähre nicht verpassen.«

»Kannst du für uns noch schnell herausfinden, wie es um Sandro und Gesine Prauses Finanzen bestellt ist?« Verlegen presste Enno die Zähne zusammen und schaute seinen Kollegen entschuldigend an.

Genervt rollte Karsten mit den Augen. »Kannst du mal eben schnell die Finanzen checken«, murmelte er vor sich hin, während er seinen Laptop aus der Umhängetasche holte. »Als ob deutsche Banken ihre IT-Systeme vollkommen ungeschützt lassen würden.«

»Wenn du dafür länger brauchst, dann …«, wollte Hedda etwas sagen, wurde aber von dem konzentriert vor sich hin tippenden Karsten sofort unterbrochen.

Etwa zwei Minuten lang beobachteten die beiden, wie der Computerprofi auf seine Tastatur einhämmerte. Dann schaute er plötzlich zu ihnen auf und drehte seinen Laptop so, dass sie auf den Monitor schauen konnten. »Hilft euch das weiter?«

»Was ist das?«, fragte Hedda. Sie hatte eine derartige Übersicht noch nie gesehen.

»Das ist eine SCHUFA-Auskunft«, antwortete Enno.

»Für genaue Bankdaten brauche ich Tage, vielleicht sogar Wochen«, erklärte Karsten sein Vorgehen. »Da heute aber sogar schon für einen stinknormalen Handyvertrag eine Auskunft bei der SCHUFA eingeholt wird, komme ich über die kleineren Mobilfunkbetreiber relativ leicht an eine solche Übersicht.«

»Kann das bitte mal einer für mich übersetzen?« Die vielen Abkürzungen sagten der jungen Ermittlerin überhaupt nichts.

Karsten beugte sich von hinten über den Laptop und tippte auf eine bestimmte Stelle des Monitors. »Das hier dürfte eigentlich alle eure Fragen beantworten«, sagte er.

32. Kapitel

Der Sachverständige

»Sandro Prause war schon mehrfach in Zahlungsverzug bei seinen Krediten. Besonders vermögend kann er daher nicht sein«, erklärte Karsten die SCHUFA-Auskunft. Dann drückte er auf eine Taste und eine weitere Übersicht erschien auf dem Monitor. »Bei seiner Frau sieht es übrigens nicht besser aus.«

»Also haben die Prauses große Geldsorgen«, fasste Hedda zusammen.

Karsten nickte. »Sieht ganz danach aus.«

Hedda legte ihre Stirn in Falten. *Aber wie könnte Sandro Prause vom Tod seines Freundes finanziell profitiert haben?*, fragte sie sich.

»Dafür, dass die Prauses so hoch verschuldet sind, haben die aber ein verdammt teures Auto auf der Auffahrt stehen«, erinnerte sich Enno an den auf Hochglanz polierten Oldtimer. Er hatte zwar nicht viel Ahnung von alten Fahrzeugen, ging aber davon aus, dass der in die Jahre gekommene, gute erhaltene Sportwagen zumindest einen gewissen Sammlerwert hatte.

»Vielleicht gehört ihm der Porsche ja gar nicht«, warf Hedda eine Hypothese in den Raum.

»Warum sollte ein anderer Sammler so ein Schmuckstück dauerhaft verleihen?«, stellte Enno eine Gegenfrage.

»Ich habe von Oldtimern leider auch nicht viel Ahnung«, sagte Karsten. »So langsam müsste ich auch los, sonst verpasse ich noch die Fähre. Braucht ihr mich hier noch?«

Nachdem die beiden ihn zur Tür begleitet und verabschiedet hatten, beschlossen sie, zunächst einmal gemeinsam zu duschen und den Tag mit einem leckeren Frühstück zu beginnen. Frisch gestärkt und mit geweckten Lebensgeistern ließ es sich ohnehin viel besser nachdenken.

***

Etwa eineinhalb Stunden später machten sich Hedda und Enno auf den Weg zu einer kleinen Autowerkstatt in Pewsum. Um herauszufinden, welchen Wert Sandro Prauses Oldtimer hatte, wollten sie lieber keinen Kfz-Mechaniker in Greetsiel aufsuchen. Die Gefahr, dass einer der Mitarbeiter den Wagen oder auch dessen Besitzer bereits kannte, war ihnen einfach zu groß.

Der kleine Parkplatz lag direkt an der Straße. Um zum Werkstattgebäude zu gelangen, musste man jedoch zunächst einen schmalen Weg passieren, der zwischen zwei Hauswänden hindurch auf eine Art Hinterhof führte. Hier fanden die jungen Ermittler eine Art Doppelgarage, in der sich auf der einen Seite eine Hebebühne befand und auf der andern ein Metalltisch, der sowohl als Empfangstresen als auch als Arbeitsfläche diente. Oberhalb der breiten Tore hing ein Transparent mit der Aufschrift ›Doppel-D GmbH‹. Ein Mitarbeiter war jedoch nirgends zu entdecken.

»Moin!«, rief Enno mit leicht erhöhter Sprechlautstärke in den Raum hinein. Er wartete ein paar Sekunden, aber niemand rührte sich. »Ist irgendjemand hier?«

»Moin!«, begrüßte sie plötzlich eine Stimme hinter ihnen.

Erschrocken wirbelten sie herum. Vor ihnen stand ein Mann mittleren Alters. Unter seinem Blaumann trug er ein schwarzes T-Shirt. Sowohl sein Vollbart als auch seine dunklen Haare wiesen ein paar graue Strähnen auf. Er war durchschnittlich groß, schlank, hatte ein breites Kreuz und wirkte allgemein gut trainiert. Zahlreiche bunte Tätowierungen bedeckten nahezu jeden Zentimeter seiner Arme.

»Moin«, begrüßte jetzt auch Hedda den Werkstattmitarbeiter. Die Art, wie er offensichtlich ihren Körper musterte, gefiel ihr gar nicht. *So einer muss ja in einer Werkstatt arbeiten, die nach einer Körbchengröße benannt wurde*, dachte Hedda.

Auch Enno missfiel der anerkennende Blick, den der Kfz-Mechaniker seiner Verlobten zuwarf. Er riss sich dennoch zusammen. Schließlich waren sie noch für ein paar Minuten auf die Kooperationsbereitschaft des Mannes angewiesen. »Wir hätten da mal eine ungewöhnliche Frage an Sie.«

Die Augen des Mechanikers blitzen interessiert auf. »Und zwar?«

»Wir betreiben eine Wunschagentur und sind für einen unserer Klienten auf der Suche nach einem Oldtimer«, sagte Hedda den zuvor einstudierten Text auf.

Gleichzeitig zückte Enno sein Handy und rief das Foto auf, das er von Sandro Prauses Porsche gemacht hatte. Ohne ein Wort streckte er dem Werkstattmitarbeiter das Bild entgegen.

»Ein Porsche Targa«, murmelte der, nachdem er das Foto ein paar Sekunden lang betrachtet hatte. »Baujahr 1973«, würde ich schätzen.

Zufrieden schauten die beiden jungen Ermittler sich an. Mit diesem Fachmann hatten sie offensichtlich einen Glückstreffer gelandet.

»Genau«, bestätigte der ehemalige Polizist. »Unser Klient ist auf der Suche nach exakt diesem Modell. Das Foto hat er in den sozialen Medien gesehen und sich sofort in diesen Wagen verliebt. Er hat auch schon Kontakt zu dem Besitzer des Wagens aufgenommen, aber der will ihn unter keinen Umständen verkaufen. Darum sollen wir jetzt für ihn die Verhandlungen übernehmen oder nach einem vergleichbaren Objekt suchen.«

Ein breites Grinsen erschien auf dem Gesicht des Kfz-Mechanikers. »Davon habe ich auch schon gehört«, murmelte er vor sich hin.

»Sie haben schon davon gehört, dass unser Klient ein solches Auto sucht?«, fragte Hedda überrascht.

»Nein.« Der tätowierte Mann schüttelte den Kopf. »Aber ich habe davon gehört, dass sein Besitzer nicht verkaufen will.« Er warf einen erneuten Blick auf das Foto, doch dieses Mal galt sein Interesse nicht dem Auto, sondern vielmehr dem danebenstehenden Mann.

»Kennen Sie ihn etwa?«, wollte Enno wissen.

»Nicht wirklich, aber sein Wagen war erst vor einiger Zeit zur Reparatur in meiner Werkstatt.«

»Das ist Ihre Werkstatt?«, fragte Hedda.

»Jawohl, dieses Schmuckstück gehört mir.« Stolz schaute er sich um. »Daniel Dinkela«, stellte er sich vor. »Das doppelte D steht für meine Initialen. Oder was hatten Sie gedacht?«

Ob er ihr bei diesen Worten bewusst oder unbewusst auf den Busen starrte, wollte Hedda gar nicht wissen. Sie ging einfach darüber hinweg und kam auf das ursprüngliche Gesprächsthema zurück. »Dann handelt es sich bei dem Porsche um einen Unfallwagen?«

»Nö, der Wagen ist extrem gut gepflegt. Da ist kaum ein Kratzer dran. Ich musste lediglich ein beschädigtes Rücklicht austauschen«, antwortete der Werkstattbesitzer. »Originalteile für solche alten Autos zu beschaffen ist nicht gerade leicht. Aber ich habe da so meine Kontakte«, grinste er vielsagend.

Interessant, dachte Enno. *Sandro Prause ist also erst vor kurzem mit seinem heißgeliebten Auto rückwärts irgendwo gegengefahren. Ob diese Information für unseren Fall relevant sein könnte? War er wegen dem Mord an Eddy vielleicht so abgelenkt, dass er für einen Moment lang einfach nicht aufgepasst hat?* »Wissen Sie noch, wann genau das war?«

Daniel Dinkela überlegte kurz, nannte dann aber ein Datum, das einige Zeit vor dem Todestag von Eddy Heinrich lag.

Dann hat der Unfall zumindest nicht direkt mit dem Mord zu tun, kombinierte der ehemalige Polizist.

»Wenn Sie der Besitzer des Fahrzeuges wären, zu welchem Preis würden Sie es verkaufen?«, fragte Hedda und suchte dabei bewusst den Augenkontakt zu ihrem Gegenüber.

Daniel Dinkela wirkte nachdenklich. »Sie meinen, unabhängig davon, ob ich das Geld nötig hätte oder nicht?«

»Ganz genau«, bestätigte die junge Ermittlerin. An seinem Blick konnte sie erkennen, dass er nicht wirklich über den Wert nachdachte, sondern vielmehr aus irgendeinem anderen Grund noch nicht geantwortet hatte. Sie zückte einen Fünfziger aus dem Portemonnaie und streckte ihm diesen entgegen. »Sie würden uns mit Ihrer Einschätzung wirklich einen großen Gefallen tun«, sagte sie und zwinkerte ihm dabei zu.

Wieder erschien ein Grinsen auf Daniel Dinkelas Gesicht. Er zog einen Kugelschreiber aus der Brusttasche seines Blaumanns und reichte ihn zusammen mit dem gerade erhaltenen Geldschein seiner attraktiven Gesprächspartnerin. »Wenn Sie mir noch Ihre Telefonnummer draufschreiben, sind wir im Geschäft«, sagte er und zwinkerte ihr ebenfalls zu.

Der lässt aber nichts anbrennen, dachte Hedda und warf ihrem Freund einen flüchtigen Blick zu.

Äußerlich wirkte Enno gelassen, aber sie kannte ihn gut genug, um zu wissen, wie es wirklich in ihm aussah. Sie nahm den Fünfziger und notierte eine ausgedachte Handynummer auf den Rand der Geldnote. »Hier«, sagte sie und reichte Schein und

Kugelschreiber lächelnd an ihren Verehrer zurück.

Der bedankte sich, verstaute beides in der Brusttasche seines Blaumanns, ohne dabei den Augenkontakt mit Hedda auch nur für eine Sekunde abreißen zu lassen. Dann nannte er ihr den Betrag, den er mindestens für den Porsche verlangen würde.

33. Kapitel

Die Kaufverhandlung

»Fünfzigtausend Euro soll der Porsche von Sandro Prause mindestens wert sein. Hättest du das gedacht?« Ungläubig schaute Hedda zu dem am Steuer sitzenden Enno hinüber. Sie würde nie im Leben so viel Geld für ein Auto ausgeben, selbst dann nicht, wenn sie es übrig hätte.

Ihr Verlobter schaute konzentriert auf die vor ihm liegende Straße. »Ich kann nicht glauben, dass der alte Sack dich in meiner Gegenwart so schamlos angebaggert hat.«

»Eifersüchtig?«

»Auf den Opa?« Enno warf einen kurzen Blick zu seiner geliebten Freundin. »Niemals!« Mit einem selbstsicheren Lächeln auf den Lippen wandte er sich wieder dem Geschehen auf der Straße zu.

Hedda legte ihm eine Hand auf den Oberschenkel. »Weißt du eigentlich, wie sehr ich dich liebe?«

»Ich liebe dich auch!«

Diese Worte brachten wiederum Hedda zum Strahlen. »Aber jetzt mal ehrlich. Wenn du einen Wagen hättest, der so viel Geld wert ist und dessen Verkauf wahrscheinlich auf einen Schlag alle deine Schuldenprobleme eliminieren könnte, würdest du ihn nicht sofort abstoßen?«

»Klar würde ich das«, antwortete der ehemalige Polizist, ohne zu zögern.

»Aber warum tut es Sandro Prause nicht?« Nachdenklich schaute Hedda aus dem Beifahrerfenster, als läge die Antwort irgendwo auf einer der vorbeiziehenden Kuhweiden.

»Entweder liebt er das Auto mehr als alles andere oder er ist bisher einfach noch nicht auf die Idee gekommen«, spekulierte Enno.

»Du meinst wirklich, die einfachste Lösung seiner Probleme könnte ihm noch nicht eingefallen sein?« Ungläubig verzog die junge Ermittlerin den Mund.

»Wenn ich im Laufe der Zeit etwas gelernt habe, dann das, dass Menschen nicht immer rational und überlegt handeln«, antwortete der ehemalige Polizist achselzuckend.

»Wollen wir herausfinden, ob du recht hast?«, fragte Hedda.
»Wie denn?«
»Wir könnten doch so tun, als ob wir sein Auto kaufen wollen«, schlug sie vor.
»Gute Idee. Und wollen wir bei der Gelegenheit auch gleich mal Karstens neues Spielzeug testen?«

***

Nach einem kurzen Zwischenstopp bei ihrer Ferienwohnung fuhren die beiden Ermittler direkt zum Haus von Sandro Prause weiter. Der Mitbegründer des Greetsieler Zeittalers stand gerade auf der Auffahrt und polierte die Motorhaube seines sportlichen Oldtimers, als er die vermeintlichen Reporter bemerkte.
»Sie schon wieder«, begrüßte er sie argwöhnisch. »Meine Frau hat Ihnen doch schon gesagt, dass wir nicht möchten, dass Eddys Tod in Ihrem Artikel erwähnt wird.«
»Und wir haben Ihrer Frau gesagt, dass wir das respektieren«, versuchte Enno ihm gleich den Wind aus den Segeln zu nehmen. »Wir sind auch gerade nicht als Journalisten hier.«
Verwirrt verzog Sandro Prause das Gesicht. »Und warum sind Sie dann hier?«
»Nun, ich weiß nicht, wie ich es sagen soll … Eigentlich vermische ich Berufliches und Privates prinzipiell nicht … Aber in diesem Fall …«, druckste Enno absichtlich herum.
»Er will Ihr Auto kaufen«, brachte Hedda es schließlich auf den Punkt, tat dabei aber so, als habe sie wenig Verständnis für dieses Vorhaben.
Überrascht zuckten Sandro Prauses Augenbrauen nach oben. Damit hatte er nicht gerechnet. »Wer sagt denn, dass ich meinen Porsche verkaufen will?«
»Niemand sagt das. Aber ich muss dieses Auto unbedingt haben.« Scheinbar verliebt schaute Enno zu dem glänzend polierten Sportwagen hinüber.
Hochnäsig musterte Sandro Prause ihn. »Wissen Sie überhaupt, was so ein Wagen wert ist?«
»Nennen Sie mir einfach Ihren Preis!«
Sandro Prause drehte den Kopf über die Schulter und schaute zu seinem Wagen hinüber. »Für hunderttausend Euro würde ich

darüber nachdenken«, sagte er schließlich.

Dem ehemaligen Polizisten fiel die Kinnlade herunter und auch Hedda blieb vor Überraschung der Mund offen stehen. Die beiden hatten sich im Vorfeld darauf verständigt, bei der Preisnennung die Überraschten zu spielen. Doch ihre schauspielerischen Fähigkeiten brauchten sie bei diesem utopischen Preis überhaupt nicht zu bemühen. Entweder hatte Daniel Dinkela doch keine Ahnung, oder aber der ehemalige Kommunist war inzwischen zu einem abgezockten Kapitalisten geworden.

»Aber der Preis liegt ja deutlich über dem Marktwert«, stammelte Enno.

»Außerdem ist es doch auch ein Unfallwagen«, warf Hedda entrüstet ein. Auch wenn sie den Wagen nicht wirklich kaufen wollten, hasste sie es, wenn findige Verkäufer versuchten, unwissende Interessenten über den Tisch zu ziehen.

»Das ist eine Unverschämtheit!« Vor Wut hatte Sandro Prauses Gesicht bereits eine hellrote Farbe angenommen. »Dieser Wagen hat in seinem langen Autoleben noch nicht mal einen Kratzer abbekommen.«

»Da haben wir aber etwas anderes gehört«, stieg jetzt auch Enno in den Disput mit ein. Er wusste nicht warum, aber irgendwie hatte er das Gefühl, es könnte sie bei den Ermittlungen voranbringen, wenn sie den Jugendfreund des verstorbenen Eddy Heinrich weiter reizten.

»Ach ja?« Empört schnappte Sandro Prause nach Luft. »Und wer hat Ihnen diese Lügen aufgetischt? Bestimmt Tjark, dieser schwachsinnige Fensterputzer.«

»Der war es nicht«, entgegnete Hedda.

»Dann … Dann war es halt irgendein anderer von diesen bekloppten GZKJ-Spinnern.« Im Kopf ging Sandro Prause die Liste der Verdächtigen durch. Dann kam ihm ein schrecklicher Verdacht. »Die werden doch nicht …« Hektisch ging er um sein Auto herum und scannte jeden Quadratzentimeter der Karosserie.

»Was tun Sie da?«, fragte Enno.

»Diese Verrückten sind zu allem fähig«, murmelte er, mehr zu sich selbst, als dass es eine direkte Antwort auf die Frage war.

»Sie meinen die Geschäftsleute der GZKJ-Initiative?«, fasste Hedda nach.

Sandro Prause richtete sich auf und schaute die angeblichen

Journalisten kurz an. »Die haben schon meinen Garten verwüstet, meine Scheiben verschmutzt und meine Wäsche zerschnitten. Ist doch gut möglich, dass sie sich jetzt auch an meinem Liebling vergriffen haben.« Er drehte eine weitere Kontrollrunde um den Wagen.

»Ich muss mal dringend für kleine Mädchen.« Hedda zwinkerte ihrem Verlobten zu und ging zur Haustür, um zu klingeln.

Sandro Prause, der viel zu sehr damit beschäftigt war, einen Kratzer an seinem heißgeliebten Porsche zu suchen, bemerkte davon nichts. Als er auch bei der dritten Umrundung nicht fündig geworden war, ging er direkt auf Enno los. »Sie sagen mir jetzt sofort, was Sie wissen oder aber Sie verlassen auf der Stelle mein Grundstück.«

Der Typ ist ja vollkommen außer Kontrolle, dachte Enno und hob beschwichtigend die Hände. Im selben Moment bemerkte er aus dem Augenwinkel, wie Gesine Prause Hedda ins Haus ließ. »Ich sage Ihnen, was ich weiß, aber ich darf Ihnen leider nicht verraten, von wem.«

»Na, dann aber raus mit der Sprache.« Sandro Prause machte einen Schritt zurück und versuchte, wieder ein wenig die Fassung zurückzugewinnen.

»Bevor ich zu Ihnen gekommen bin, um über den Porsche zu verhandeln, habe ich mich natürlich schlaugemacht und mich ein wenig in der Gegend umgehört«, holte Enno bewusst weit aus, um seiner Freundin möglichst viel Zeit zu verschaffen. »Schließlich wollte ich mich ja beim Preis nicht übers Ohr hauen lassen«, lachte er verhalten. »Nun ja, alle haben nur von Ihrem Wagen geschwärmt.« Er warf einen flüchtigen Blick zur Haustür. Ob Hedda die Wanze schon installieren konnte?

34. Kapitel

Ob ihr wirklich richtig steht, seht ihr, wenn das Licht angeht

Während Enno draußen in eine heftige Diskussion mit Sandro Prause verstrickt war, wollte Hedda die Gelegenheit nutzen, um die als Glühbirne getarnte Wanze im Haus anzubringen. Das kleine Gästebadezimmer schien ihr dafür ein geeigneter Ort zu sein. Sie erinnerte sich an Karstens Worte. *Wenn ihr das Ding in der Küche montiert, könnt ihr, trotz geschlossener Tür, auf der Toilette die Bewohner pupsen hören.* Wenn das wirklich stimmte, musste es andersherum ja auch funktionieren, war sie sich sicher.

Zum Schein klappte sie den Klodeckel hoch, konzentrierte sich danach aber sofort auf die Fassung, die, wie in vielen anderen Räumen auch, einfach an einem Kabel von der Decke baumelte. Die Tatsache, dass vieles im Haus wirkte, als wäre eine begonnene Renovierung irgendwann einfach nicht mehr fortgesetzt worden, kam ihr hier sehr entgegen. Sie musste sich lediglich ein wenig strecken und schon hatte sie in Windeseile die alte Birne gegen die getarnte Wanze ausgetauscht.

Sie betätigte die Klospülung, wusch sich die Hände, schloss die Tür wieder auf und verließ den Raum. Gesine Prause wartete bereits auf dem Flur auf sie. Wie ein Wachhund schien sie dicht vor der Tür ausgeharrt zu haben. »Ich hoffe, es war da drinnen hell genug für Sie? Leider ist uns gestern die Glühbirne durchgebrannt und ich hatte noch keine Gelegenheit, sie auszuwechseln.«

Scheiße!, schoss es Hedda durch den Kopf. *Wenn die heute Abend das Licht anschaltet, wird sie sich doch mit Sicherheit wundern, dass die Glühbirne auf einmal wieder funktioniert.* Das Risiko, dass sie oder ihr Mann dadurch die Wanze entdeckten, war ihr einfach zu groß.

»Ist alles in Ordnung?« Besorgt schaute Gesine Prause sie an. Den verkniffenen Gesichtsausdruck, den Hedda aufgrund ihrer Überlegungen an den Tag legte, hatte sie vollkommen falsch interpretiert.

Diesen Umstand wusste die junge Ermittlerin sofort für sich zu nutzen. »Sorry, ich muss nochmal ganz schnell …« Sie legte sich die Hand auf den Unterbauch, stürmte zurück ins Bad und schloss die Tür hinter sich ab.

***

»Nun rücken Sie schon endlich raus mit der Sprache«, wurde Sandro Prause langsam ungehalten. »Was soll an meinem Wagen nicht in Ordnung sein.«

Wieder warf Enno einen Blick zur Haustür. Er konnte die Antwort nicht noch weiter hinauszögern. »Ich habe gehört, dass es beim Rückwärtsfahren zu einer kleinen Karambolage gekommen sein soll.«

»So ein Quatsch!« Kopfschüttelnd wendete der Mitbegründer des Greetsieler Zeittalers sich ab und machte eine wegwerfende Handbewegung. »Ich bin der Einzige, der dieses Auto fährt. Und wenn ich irgendwo gegengefahren wäre, hätte ich das ja wohl gemerkt.« Er umrundete seinen heißgeliebten Porsche erneut und winkte Enno zu sich herüber. »Sehen Sie hier auch nur einen Kratzer?«, fragte er und machte eine präsentierende Handbewegung von einem Rücklicht zum anderen.

»Nein, sieht alles super aus«, bestätigte Enno. Er konnte wirklich keinen Schaden erkennen.

Mit einem selbstgefälligen Grinsen verschränkte Sandro Prause die Arme vor der Brust. »Aber hunderttausend Euro können Sie dennoch nicht dafür zahlen, oder?« Es war ihm deutlich anzusehen, dass er bewusst nicht das Wort ›wollen‹ gewählt hatte.

»Nein«, bestätigte Enno. »Tatsächlich sind meine Möglichkeiten auf fünfzigtausend Euro beschränkt.« Aus zusammengekniffenen Augen musterte er seinen Gesprächspartner. Würde ihn die Nennung des Betrages doch noch aus der Reserve locken? Oder waren seine Schulden gar so hoch, dass die Summe nur einen Tropfen auf den heißen Stein darstellen würde?

»Nun, das wäre durchaus ein fairer Preis«, gab der Porsche-Liebhaber ehrlich zu. Dann machte er eine kurze Gedankenpause. »Aber da ich auf das Geld nicht angewiesen bin, möchte ich meinen Wagen zu diesem Gebot nicht abgeben.«

***

Im Gästebad hatte Hedda inzwischen wieder die Wanze gegen die defekte Glühbirne ausgetauscht. Nun blieben nur noch zwei Probleme zu lösen. Zum einen brauchte sie eine gute Erklärung dafür, warum es nach ihrer simulierten Durchfall-Attacke im Badezimmer keine geruchlichen Indizien für eben diesen gab. Zum anderen musste sie es noch irgendwie schaffen, die Wanze unbemerkt in einem anderen Raum zu installieren. Sie öffnete die Tür.

»Alles okay mit Ihnen?«, fragte Gesine Prause mit einer Mischung aus Besorgnis und Argwohn in ihrer Stimme. Sie schien schon wieder direkt vor der Tür gewartet zu haben.

Wahrscheinlich fragt sie sich, warum sie keine Durchfall-Geräusche gehört hat, dachte Hedda und schüttelte innerlich mit dem Kopf. In ihrer Vorstellung sah sie Sandro Prauses Frau mit dem Ohr an der Toilettentür horchen. In diesem Moment war sie doppelt froh, dass ihr doch noch eine andere Ausrede eingefallen war. »Ich habe gerade meine Tage bekommen. Die kommen bei mir immer spontan und total heftig. Tut mir wirklich leid.«

»Aber ich bitte Sie.« Mit einer winkenden Handbewegung verdeutlichte Gesine Prause, dass es in dieser Sache nichts zu entschuldigen gab. »Auch ich hatte lang genug unter dieser Fehlkonstruktion von Mutter Natur zu leiden.«

Okay, die Ausrede scheint sie mir abgekauft zu haben, dachte Hedda erleichtert. Jetzt musste sie nur noch irgendwie die Wanze anbringen, die sie wieder sicher in ihrer Handtasche verstaut hatte. Sie schaute sich um und entdeckte im Flur eine weitere Glühbirne, die lediglich an einer nackten Fassung von der Decke baumelte. *Der Platz ist ideal, aber ohne Leiter komme ich da nicht ran*, überlegte sie weiter. Gleichzeitig stellte sie sich die Frage, wie sie, selbst wenn sie sich eine Leiter besorgen könnte, unauffällig den Leuchtkörper auswechseln sollte.

Gesine Prause steuerte auf die Haustür zu.

Wenn mir nicht sofort etwas einfällt, war es das! Panisch schaute Hedda zwischen der Dame des Hauses und der Glühbirne hin und her.

Plötzlich öffnete sich die Tür. Als die junge Ermittlerin die beiden Männer erkannte, die direkt vor dem Haus standen, wusste sie, dass sie ihre letzte Chance vertan hatte.

35. Kapitel

Wie viele Ostfriesen braucht man, um eine Glühbirne zu wechseln?

»Wollen Sie nicht noch einmal darüber nachdenken? Wenn Sie mir etwas Zeit geben, könnte ich vielleicht auch sechzigtausend Euro zusammenbekommen«, rief Enno dem bereits auf der Türschwelle stehenden Sandro Prause hinterher. Dabei war es sein einziges Ziel, den Porsche-Besitzer vom Betreten des Hauses abzuhalten.

»Geben Sie auf«, lachte der Mitbegründer des Greetsieler Zeittalers kopfschüttelnd. »Ich verkaufe nicht.«

Durch die offenstehende Tür hindurch trafen sich Ennos und Heddas Blicke. Mit einem kurzen Kopfschütteln in Richtung der von der Decke baumelnden Glühbirne, gab die junge Ermittlerin ihrem Verlobten wortlos zu verstehen, dass sie es noch nicht geschafft hatte, die Wanze im Haus zu platzieren.

Enno schaltete gedankenschnell. »Das wäre ja das optimale Set«, sagte er, halb zu Hedda, halb zu sich selbst. Er kniff ein Auge zu, streckte seinen Arm aus, formte Daumen und Zeigefinger zu einem ›L‹ und visierte damit die im Flur befindliche Glühbirne an.

»Was meinen Sie?« Verdutzt schaute Sandro Prause in die Richtung, in die auch der Blick des vermeintlichen Journalisten zu gehen schien.

Hedda hingegen versuchte so zu schauen, als wüsste sie sofort, worauf ihr Freund anspielte. Dabei war sie in diesem Moment genauso ahnungslos wie die Prauses.

»Können Sie uns einen riesigen Gefallen tun?«, richtete Enno eine Bitte an die Eheleute.

»Kommt drauf an«, antwortete Gesine Prause skeptisch.

»Neben unserem Artikel über den Greetsieler Zeittaler arbeiten wir gerade auch an einer Reihe über Ostfriesenwitze«, begann der ehemalige Polizist zu erklären. »Wir wollen dabei nicht nur altbekannte Schenkelklopfer aufgreifen, sondern sie auch bildlich darstellen. Ihr Flur wäre das ideale Fotomotiv für einen dieser Sketche.«

Sandro Prause und seine Frau tauschten einen kritischen Blick.

»Welchen Witz meinen Sie denn?«, wollte Gesine Prause wissen.

»Wie viele Ostfriesen braucht man, um eine Glühbirne zu wechseln?«

Gesine Prause überlegte. Als gebürtige Ostfriesin hatte sie schon allerhand Witze über die Bewohner ihrer Heimat gehört, aber die meisten davon im Laufe der Jahre auch schon wieder vergessen.

»Vielleicht zwei?«, riet Sandro Prause.

»Nein, es sind fünf«, gab Enno die richtige Antwort vor. »Einer steht auf dem Stuhl und hält die Glühbirne fest und die anderen vier drehen den Stuhl.« Er lachte lauthals los.

Hedda stimmte mit ein und rang so auch den Prauses zumindest ein müdes Lächeln ab. Es war derselbe Ansteckungseffekt wie in einer Sitcom, in der ein schlechter Witz gezeigt wurde. Die aus dem Hintergrund zu hörenden Lacher des nicht vorhandenen Publikums animierten nicht selten den heimischen TV-Zuschauer ebenfalls zum Schmunzeln, auch wenn er es eigentlich gar nicht so witzig fand.

»Haben Sie vielleicht einen stabilen Holzstuhl, auf den meine Kollegin sich stellen kann?«, wollte Enno die Gunst des Augenblickes nutzen.

Die Eheleute zögerten.

»Wenn Sie uns bei dem Foto helfen, werden wir in unserem Artikel auch auf die Erwähnung der GZKJ-Initiative verzichten«, bot Hedda spontan an. Da der Zeitungsbericht ja ohnehin nie erscheinen würde, fand sie, in dieser Hinsicht durchaus großzügig sein zu dürfen.

Misstrauisch schaute Sandro Prause sie an. »Kann ich mich darauf verlassen?«

»Ehrenwort!«, echoten die beiden Ermittler mal wieder im Chor.

»Hol mal den alten Stuhl aus dem Gästezimmer«, befahl Sandro Prause seiner Frau.

Nur wenige Augenblicke später kehrte Gesine Prause mit dem besagten Sitzmöbel zurück und positionierte es direkt unter der Glühbirne. Besorgt schaute sie Hedda an. »Können Sie denn überhaupt da rauf?«, fragte sie angesichts der Unterleibsbeschwerden der jungen Frau.

»Ich schaffe das schon«, nickte Hedda und dachte dabei gleichzeitig an ein gutes Ablenkungsmanöver, zu dem Gesine Prause sie mit ihren Worten inspiriert hatte. Sie klammerte sich mit einer Hand an der Rückenlehne des Stuhls fest und stieg vorsichtig mit beiden Füßen auf die Sitzfläche.

»Wir brauchen ja noch eine Person!« Enno schlug sich theatralisch mit der flachen Hand vor die Stirn. Dann wandte er sich an Sandro Prause. »Kennen Sie vielleicht jemanden, den Sie schnell bitten könnten?«

Genervt verdrehte der Mitbegründer des Greetsieler Zeittalers die Augen. Die spontane Fotosession ging ihm gehörig auf die Nerven. Aber um die Erwähnung der GZKJ zu verhindern, würde er so einiges in Kauf nehmen. »Schräg gegenüber wohnt so ein mediengeiler Rentner«, seufzte er. »Den kann ich ja mal fragen.« Ohne weitere Worte verließ er das Haus.

»Ach, Frau Prause, könnten Sie mir bitte ein Glas Wasser bringen?«, fragte Hedda und legte erneut eine Hand auf ihren Unterbauch.

»Selbstverständlich! Bin gleich wieder bei Ihnen.«

Während Hedda in der Küche den Wasserhahn hörte, schraubte sie schnell die Glühbirne aus der Fassung, um sie gegen das identisch aussehende Modell, das Karsten mit einer Abhörfunktion versehen hatte, auszutauschen.

Doch vor lauter Aufregung zitterten ihre Hände so sehr, dass ihr das alte Leuchtmittel aus den Händen glitt. Mit weit aufgerissenen Augen beobachtete sie den Fall der Glühbirne, der wie in Zeitlupe abzulaufen schien. Dennoch probierte sie nicht einmal, sie aufzufangen. Wie versteinert stand sie da und erwartete das Unvermeidliche.

36. Kapitel

Stasi-Methoden

Im Stile eines Goalgetters schaffte es Enno irgendwie, sein Bein auszustrecken und den Fall der Glühbirne mit dem Spann seines rechten Fußes abzufedern. Von dort aus fiel sie zwar auf den Boden, zerbrach aber nicht, sondern kullerte stattdessen den Flur hinunter und blieb direkt vor den Füßen von Gesine Prause liegen.

Doch noch bevor die Dame des Hauses sich danach bücken konnte, hatte Enno sich vom Boden aufgerappelt, war in gebückter Haltung in Richtung Glühbirne geeilt, um diese schnell vom Boden aufzuheben. »Puh, das war knapp«, schnaufte er, richtete sich auf und lächelte Gesine Prause erleichtert an. Dann drehte er sich zu Hedda um, ging auf sie zu und tat so, als würde er ihr die Glühbirne reichen. Dabei verdeckte er durch seine breiten Schultern das Sichtfeld der Hausbewohnerin so geschickt, dass er sie in Wirklichkeit in Heddas Handtasche verschwinden ließ, während diese gleichzeitig die Wanze aus selbiger herausholte.

Nur wenige Sekunden später tauchte auch Sandro Prause mit dem besagten Nachbarn auf, der sich sehr darüber freute, als Statist für die bildliche Darstellung eines Ostfriesenwitzes fungieren zu dürfen. Mit dem Selbstauslöser von Ennos alter Digitalkamera machten sie ein paar Bilder, dann verabschiedeten sie sich, stiegen ins Auto und fuhren in die Parallelstraße, um dort zu parken.

Hedda kramte den Empfänger aus dem Handschuhfach des VW Polo und schaltete ihn ein. Die Stimmen von Sandro und Gesine Prause waren klar und deutlich zu verstehen.

»Der Pressefuzzi hat gerade behauptet, im Dorf gebe es das Gerücht, mein Porsche hätte beim Rückwärtsfahren eine Beschädigung erlitten«, Sandro Prauses Stimme klang latent aggressiv. »Du tratschst doch immer mit den Dorfweibern beim Einkaufen. Hast du davon auch schon gehört?«

»Nein, davon weiß ich wirklich nichts«, antwortete seine Frau. Aber selbst für Hedda und Enno klang es so, als würde sie sich das selbst nicht glauben.

»Bist du etwa wieder heimlich mit meinem Auto gefahren?«

»Nein, ich weiß doch, dass ich das nicht darf.«

»Wenn ich rausfinde, dass du doch …« Die beiden Ermittler hörten, wie eine Tür lautstark ins Schloss geworfen wurde. Danach herrschte absolute Stille.

»Ich glaube, der ist wieder raus zu seinem geliebten Wagen«, mutmaßte Enno.

»Die Arme«, sagte Hedda mitleidig. »Das blöde Auto scheint ihm ja wirklich viel wichtiger zu sein als seine eigene Ehefrau.«

Während die beiden darauf warteten, dass sich im Haus der Familie Prause wieder etwas tat, hingen sie jeweils ihren Gedanken nach.

»Das sind ja schon irgendwie Stasi-Methoden, die wir hier anwenden«, sagte Hedda plötzlich.

»Mach dir keine Sorgen, das kennt Sandro ja noch aus der DDR«, scherzte Enno.

Hedda lachte kurz, wurde aber gleich wieder sachlich. »Aber jetzt mal im Ernst. Irgendwie kann es doch nicht richtig sein, dass wir solche Methoden einsetzen, um einen Mordverdächtigen zu überwachen.«

»Das hat dich doch bisher auch nicht gestört«, wunderte Enno sich.

»Ich weiß.« Hedda strich sich eine Haarsträhne hinter das Ohr. Seit ihre Haare die dafür notwendige Länge wieder erreicht hatten, machte sie diese Handbewegung unbewusst immer häufiger. »Vielleicht ist es der direkte Vergleich mit den Methoden, die auch von der Staatssicherheit der DDR angewendet wurden, die mich jetzt so unsicher machen.«

»Aber die Stasi hat Menschen abgehört, um ihren Drang nach Freiheit unter Kontrolle zu halten. Unsere Geheimeinheit belauscht hingegen Menschen, die unter Verdacht stehen, ein schweres Verbrechen begangen zu haben«, gab Enno zu bedenken. »Denk mal an all die Täter, die wir ohne die nicht ganz legalen Methoden wahrscheinlich niemals überführt hätten. Wer weiß, ob die ansonsten nicht noch mehr Menschen getötet hätten.«

»Du hast ja recht, aber …« Noch bevor Hedda aussprechen konnte, wurde sie plötzlich von Sandro Prauses Stimme unterbrochen.

»Du bist sehr wohl mit meinem Porsche gefahren!«, schrie er wütend.

»Nein, ich …«

»Lüg mich nicht an! Ich habe gerade die rechte Rückleuchte ausgebaut. Ein Teil der Verkabelung wurde erneuert und eine der Glühbirnen ist ausgetauscht worden. Was hast du mit meinem Wagen gemacht?«

»Ich … Was sollte ich … Du warst nicht da …«, begann Gesine Prause zu stottern. Dann fing sie sich langsam und brachte wieder vollständige Sätze zustande. »Es war an dem Tag, an dem du ausnahmsweise mit dem Zug zu dieser Automesse gefahren bist. Ich wollte einkaufen, aber es hat wie aus Kübeln gegossen. Es sind doch nur dreihundert Meter bis zum Supermarkt …«

»Genau!«, schrie Sandro Prause. »Es sind nur läppische dreihundert Meter. Die hättest du doch auch zu Fuß bewältigen können. Oder haben wir etwa keine Regenschirme mehr zu Hause?«

Gesine Prause schluchzte.

»Wer hat das Rücklicht repariert? Und vor allem, wie hast du die Rechnung überhaupt bezahlt?« Die Stimme des wütenden Porsche-Liebhabers wurde immer lauter.

»Ich habe deinen Porsche in eine Werkstatt in Pewsum gebracht. Du solltest doch nichts davon mitbekommen. Der Mechaniker hat mir versprochen, nur Originalteile zu verwenden. Seine Rechnung habe ich mit Zeitmünzen beglichen.«

»Welche Werkstatt?«

»Ich war bei der ›Doppel-D GmbH‹. Das war die einzige Werkstatt im Umkreis, die mir das Original-Ersatzteil innerhalb eines Tages beschaffen konnte.«

»Die steht mit absoluter Sicherheit nicht in meiner Datei. Du kannst also gar nicht mit Zeitmünzen bezahlt haben. Ich frage dich also ein letztes Mal: Wie hast du die Reparaturkosten beglichen? Alleine das Ersatzteil dürfte sicher einige hundert Euro gekostet haben. Geld, das wir definitiv nicht haben.« Sandro Prauses Stimme klang mittlerweile sehr bedrohlich.

»Es stimmt, er ist nicht in deiner Kundendatei«, gab Gesine Prause zu. »Aber ich habe ihm von meinen finanziellen Schwierigkeiten und der Zeittaler-Idee erzählt und ihm daraufhin meine Dienste als Reinigungskraft angeboten. Wir haben dann vereinbart, dass ich für ihn eine Zeitlang die Werkstatt putze«, gestand Gesine Prause kleinlaut.

»Du hast was? Wie bist du denn ohne Auto nach Pewsum gekommen?«

Wieder hörte man Gesine Prause schluchzen. »Bisher habe ich immer den Bus genommen.«

»Bist du dem Kerl noch immer was schuldig?«

Hedda und Enno konnten keine Antwort hören, gingen aber aufgrund der folgenden Worte ihres Ehemannes davon aus, dass Gesine Prause wohl nur stumm genickt haben musste.

»Wir fahren jetzt sofort da hin und klären die Sache!«

»NEIN!« Die Stimme der unterwürfigen Ehefrau klang auf einmal unerwartet selbstbewusst.

»Du tust, was ich sage!«, schrie Sandro Prause sie an. »Außerhalb des Greetsieler Zeittalers wird meine Frau für niemanden außer mich arbeiten. Hast du das verstanden?«

»Ach ja«, hielt Gesine Prause weiter dagegen. »Und ich will nicht, dass du meine Rechnung mit DEINEM GELD bezahlst.«

Kurz darauf hörten die beiden Ermittler erneut eine Tür knallen.

»Hast du auch gehört, wie komisch sie die letzten Worte ausgesprochen hat?«, fragte Hedda ihren Verlobten. »Da stimmt doch etwas nicht!«

37. Kapitel

Alternative Zahlungsmethoden

Hedda stieg aus dem Polo aus, stellte sich hinter das Fahrzeug und kickte wie ein Karatekämpfer gegen das Rücklicht. Die Plastikverkleidung zerbrach dabei knirschend in mehrere Teile.

»Spinnst du?«, rief Enno wütend und stieg ebenfalls aus dem Auto aus, um den Schaden zu begutachten.

»Jetzt können wir in die Werkstatt fahren und Daniel Dinkela fragen, ob wir auch mit Dienstleistungen statt mit Geld bezahlen dürfen«, entgegnete Hedda trocken und ohne jegliches Schuldbewusstsein.

Fassungslos schaute Enno sie an. »Aber hättest du mich nicht vorher fragen können, bevor du meinen Wagen demolierst?«

»Hast du mich in der letzten Zeit etwa immer gleich in deine spontanen Pläne eingeweiht?«, konterte Hedda. »Wie war das denn zum Beispiel, als du mich vollkommen unvorbereitet zum Haus von Gesine Prause geschleppt hast, nachdem wir dort den Boxer gesehen haben?«

»Aber das ist doch …«, begann Enno sich zu rechtfertigen, unterbrach sich dann aber selbst. Er fand die Verhältnismäßigkeit der beiden Aktionen zwar nicht vergleichbar, sah aber auch nicht ein, warum er sich jetzt deshalb mit seiner Freundin streiten sollte. Eine solche Diskussion würde nur Zeit kosten, die sie nicht hatten. Mit einem leichten Kopfschütteln setzte er sich wieder hinter das Lenkrad.

»Bist du sauer?«, fragte Hedda mit schuldbewusster Miene. Irgendwie kam ihre Kampfkunsteinlage ihr jetzt doch ein wenig unüberlegt vor. Wenn sie ganz ehrlich zu sich war, war es unterbewusst auch wohl eher eine Retourkutsche für all die spontanen Aktionen gewesen, die ihr Freund in der letzten Zeit durchgezogen hatte, ohne sie vorher in seine Pläne einzuweihen.

Als Enno ihr in die Augen schaute, konnte er sich ein Lächeln nicht verkneifen. »Ich liebe deine impulsive Art. Da werde ich mit solchen Aussetzern wohl zurechtkommen müssen«, sagte er und drückte ihr direkt danach einen Kuss auf die Lippen.

Auf der Fahrt zur Doppel-D GmbH kam Hedda ins Grübeln. Wenn sie gegenüber Daniel Dinkela behaupten würden, sie hätten kein Geld für die Reparatur, würde er ihnen das wahrscheinlich nicht abkaufen. Das Rücklicht eines alten VW Polo würde sicherlich viel günstiger sein, als das eines Porsche Targa aus dem Jahr 1973. Spontan schlug sie Enno daher vor, irgendwo anzuhalten und den Schaden noch ein wenig zu vergrößern.

Der ehemalige Polizist brachte seinen Wagen tatsächlich an der nächsten Bushaltestelle zum Stehen. Allerdings hatte er nicht vor, seinem geliebten Polo noch weitere Beschädigungen zuzufügen. Nachdenklich schaute er seine Beifahrerin an.

»Sorry, die Aktion mit dem Rücklicht war wohl nicht besonders gut durchdacht.« Die junge Ermittlerin presste die Zähne aufeinander und lächelte ihren Verlobten verkrampft an.

»Ich glaube, es ist besser, wenn du alleine in die Werkstatt fährst«, schlug Enno plötzlich vor.

Verwundert schaute Hedda ihn an. »Wieso das denn?«

»Weil du recht hast«, begann Enno seine Planänderung zu erklären. »Dass die Inhaber einer Wunschagentur, die für ihre Klienten einen sauteuren Oldtimer suchen sollen, nicht genügend Geld für eine einfache Reparatur haben, wird der uns niemals abkaufen.« Mit Daumen und Zeigefinger knetete er seine Unterlippe. »Aber selbst dann, wenn wir mein Auto vollkommen demolieren, wird das nicht viel ändern.«

»Was schlägst du stattdessen vor?«

»Der Kfz-Opa steht ja offensichtlich auf dich. Wenn du bei ihm ein wenig deinen Charme spielen lässt, denkt er wahrscheinlich nicht besonders viel nach und wir bekommen so ganz einfach die Informationen, die wir brauchen.«

»Ich soll mit ihm flirten?«, fragte Hedda erstaunt. Sie hatte ihre weiblichen Reize während der Ermittlungsarbeit zwar schon öfter eingesetzt, konnte sich aber nicht daran erinnern, jemals von ihrem Freund dazu aufgefordert worden zu sein.

»Wenn ich dir in deine wunderschönen grünen Augen schaue, bin ich immer wieder hin und weg«, sagte Enno und lächelte sie verliebt an. »Daniel Dinkela wird es da nicht anders gehen.«

»Du bist süß!« Hedda beugte sich über die Mittelkonsole und drückte ihm einen dicken Schmatzer auf die Wange.

Dann stiegen beide aus, tauschten die Plätze und fuhren weiter zur

Doppel-D Werkstatt. Etwa einhundert Meter vor ihrem Ziel hielt die junge Ermittlerin an, um ihren Freund aussteigen zu lassen.

»Ich werde an der Straße …« Enno zeigte auf die Zufahrt zu dem Hinterhof, in dem auch die Werkstatt lag, »… auf dich warten. Wenn etwas schiefläuft, brauchst du nur laut zu schreien und ich bin sofort bei dir.«

»Ich habe eine bessere Idee«, sagte Hedda und zückte ihr Smartphone. »Ich rufe dich einfach an, aktiviere die Freisprechfunktion und verstecke mein Handy in der Gesäßtasche. Dann kannst du mithören, worüber wir reden.«

Ein erleichtertes Lächeln huschte über Ennos Gesicht. Seine Freundin alleine in den Fängen des liebestollen Mechanikers zu wissen, machte ihn, auch wenn er es sich nicht anmerken lassen wollte, hochgradig nervös. »Das ist eine tolle Idee.« Er gab ihr einen innigen Kuss. »Ich liebe dich!« Dann stieg er aus und schlenderte, mit dem Handy am Ohr, den Bürgersteig entlang.

Hedda hingegen fuhr mit dem Polo direkt auf den Hinterhof und parkte das Fahrzeug vor der offen stehenden Garage. Daniel Dinkela beugte seinen Oberkörper gerade über den Motorraum einer roten Familienkutsche. Als er das Eintreffen der attraktiven Besucherin bemerkte, kam er direkt auf sie zu. An einem ölverschmierten Lappen wischte er sich notdürftig die Hände sauber.

»Moin«, sagte Hedda, während sie aus dem Auto stieg.

Daniel Dinkela sagte zunächst nichts, sondern schaute seine Besucherin stattdessen einige Sekunden lang vielsagend an. »Sie haben mir eine falsche Telefonnummer gegeben«, sagte er schließlich vorwurfsvoll.

»Ich weiß«, sagte die junge Ermittlerin kleinlaut. Sie hatte nicht damit gerechnet, dass der tätowierte Mechaniker schon nach so kurzer Zeit versucht hatte, sie anzurufen.

»Dann sind Sie also gekommen, um ihren Fehler zu korrigieren?«

»Das auch.« Hedda zwinkerte Daniel Dinkela vielsagend zu. »Aber es gibt da auch noch ein Problem mit meinem Auto.« Sie umrundete den Polo, stellte sich direkt neben den defekten Scheinwerfer und zeigte darauf.

Der Werkstattinhaber stellte sich direkt neben sie und begutachtete den Schaden. »Wer hat das denn gemacht?« Er hatte sofort erkannt, dass die Beschädigung nicht durch einen Unfall entstanden sein konnte.

»Müssen irgendwelche Chaoten gewesen sein.« Hedda zuckte mit den Schultern.

»Vielleicht ja ein Verehrer, dem Sie nicht die richtige Telefonnummer gegeben haben?« Daniel Dinkela grinste sie an, hockte sich hin und begutachtete das zerstörte Rücklicht genauer.

Wenn ich es nicht besser wüsste, könnte ich jetzt glauben, er selbst hätte den Schaden aus gekränkter Eitelkeit verursacht, dachte Hedda. Überraschenderweise imponierte ihr das selbstsichere Auftreten des Kfz-Mechanikers. Sie entschied sich, in die Offensive zu gehen. »Ich habe da aber noch ein Problem.« Sie hockte sich neben ihn und stellte den Augenkontakt wieder her.

»Ach ja?«

»Ich habe aktuell überhaupt kein Geld, um den Schaden zu bezahlen.« Sie machte eine bewusste Sprechpause, legte den Kopf leicht schief, strich sich eine Strähne hinters Ohr und lächelte ihr Gegenüber an. »Aber ich habe von einer Bekannten gehört, dass es bei Ihnen in solchen Fällen auch alternative Zahlungsmöglichkeiten gibt.« Kaum hatte sie den letzten Satz ausgesprochen, bereute sie ihn bereits. *Das wäre die ideale Vorlage für ein Porno-Drehbuch*, dachte sie erschrocken und wartete gespannt auf die Reaktion des Werkstattinhabers.

Daniel Dinkela schaute seine Kundin skeptisch an. »Es tut mir leid, aber Sie sind so überhaupt nicht mein Typ«, sagte er schließlich und lächelte entschuldigend.

»WAS?«, entfuhr es Hedda. Eigentlich wollte sie überhaupt nicht so reagieren, aber wieder einmal hatte ihr Mundwerk so schnell reagiert, dass ihr Verstand es nicht mehr rechtzeitig verhindern konnte. »Aber wieso wollten Sie denn dann meine Nummer haben?«

38. Kapitel

Die unbekannte Geldquelle

»Entschuldigen Sie bitte.« Daniel Dinkela wirkte plötzlich überhaupt nicht mehr selbstbewusst. »Sie sind wirklich eine attraktive Frau, aber ich stehe nun mal auf ältere …« Er drehte den Kopf über die Schulter und schaute nach, ob irgendjemand ihn hören konnte. »… auf viel ältere Frauen.«

Diese Information musste Hedda zunächst einmal verarbeiten. Sie fragte sich, welche Altersklasse der Inhaber der Doppel-D GmbH wohl meinte. Sie dachte an Sandro Prauses attraktive Frau. Ob sie in sein Beuteschema passte?

»Ich repariere Ihnen schnell das Rücklicht und Sie zahlen einfach, sobald Sie wieder flüssig sind.« Daniel Dinkela stand auf und ging in die Werkstatt. Es war ihm anzumerken, dass ihm die Situation sehr unangenehm war.

»Moment mal!«, rief Hedda und eilte ihm hinterher. So leicht wollte sie ihn nicht davonkommen lassen. »Warum haben Sie bei meinem letzten Besuch meine Telefonnummer verlangt, wenn Sie überhaupt kein Interesse an mir haben? Und was genau bedeutet ›viel älter‹?«

Seufzend verschränkte Daniel Dinkela die Arme vor der Brust. »Ich habe mit Ihnen geflirtet, weil es einfach Spaß macht«, gab er schließlich zu. »Außerdem ist es gut fürs Ego, wenn ein Mann meines Alters noch in der Lage ist, so junge Frauen wie Sie …«

»Ich dachte, ich wäre Ihnen zu jung«, unterbrach die junge Ermittlerin ihn. Sie spürte, wie sie regelrecht sauer wurde, obwohl sie in Wahrheit doch überhaupt nicht an diesem Mann interessiert war.

»Das stimmt ja auch. Aber gerade für einen Mann wie mich, der in Wirklichkeit auf deutlich ältere Frauen steht, ist es ein gutes Gefühl, zu wissen, dass man theoretisch auch bei den jungen Dingern noch landen könnte - wenn man es denn wollte.« Daniel Dinkela presste die Lippen zusammen und zog den Kopf ein. Er wusste wohl selber, dass sein Erklärungsversuch schwer nachvollziehbar war.

»Mag sein«, bemühte Hedda sich um Verständnis. »Aber was wollten Sie dann mit meiner Nummer? Ich meine, Sie haben ja auch angerufen. Sonst wüssten Sie ja schließlich nicht, dass die Nummer falsch war. Oder brauchten Sie etwa auch noch die Bestätigung, dass ich mich auch wirklich mit Ihnen verabredet hätte?« Sie redete sich förmlich in Rage. »Wann hätten Sie mich denn fallengelassen? Nach dem ersten Date? Oder wären Sie auch noch mit mir in die Kiste gehüpft, nur um Ihre Midlife-Crisis besser überstehen zu können?«

»Nein, so etwas habe ich noch nie gemacht.«

»Ach, Sie machen das also öfter?« Wutschnaubend machte Hedda einen Schritt auf den Mechaniker zu.

»Ja … Ich …«, begann Daniel Dinkela zu stottern.

»Mag ja sein, dass Sie sich danach besser fühlen, aber haben Sie auch mal an die Gefühle der jungen Frauen gedacht?«

»Bisher hat sich dieses Problem noch nie gestellt«, verteidigte er sich. »Ich habe die Telefonnummern, die ich auf diese Weise bekommen habe, immer an meinen Sohn weitergegeben. Er ist quasi mein Ebenbild, nur deutlich jünger. Soweit ich weiß, hat sich noch keine der Frauen darüber beschwert.« Ein zaghaftes Grinsen deutete an, dass er allmählich seine Selbstsicherheit zurückgewann.

»Dann haben Sie quasi die Frauen für Ihren Sohn aufgerissen?« Ungläubig schaute Hedda ihn an. Sie war sich nicht sicher, ob sie diese Vorgehensweise nun cool oder doch eher verwerflich finden sollte.

In diesem Moment fuhr ein weiteres Auto auf den Hinterhof. Es war der schwarze Porsche von Sandro Prause. An seinem Gesichtsausdruck konnte die junge Ermittlerin sofort erkennen, dass sich seine Laune seit dem Streit mit seiner Frau, noch nicht gebessert hatte. Schwungvoll stieg er aus seinem Wagen und steuerte direkt auf Daniel Dinkela zu. Erst als er ihn fast erreicht hatte, fiel ihm auch Heddas Anwesenheit auf. Er blieb kurz stehen, schaute sie an, entschied sich dann aber doch, nichts zu ihr zu sagen und sich stattdessen wieder dem Kfz-Mechaniker zuzuwenden.

»Moin«, begrüßte Sandro Prause ihn knapp. »Erinnern Sie sich an das Auto?« Er legte den Kopf in den Nacken und deutete so auf den hinter ihm stehenden Porsche.

Daniel Dinkela nickte nur. Er wirkte nicht eingeschüchtert, sondern viel mehr bemüht, sich unter Kontrolle zu halten.

»Meine Frau hat den Wagen zu Ihnen gebracht und mit Ihnen vereinbart, dass sie Ihre Werkstatt putzt, anstatt die Rechnung zu bezahlen. Sie wollte nicht, dass ich etwas von dem Schaden an meinem Porsche mitbekomme, da sie ihn unerlaubt gefahren hat.« Der Mitbegründer des Greetsieler Zeittalers ließ den Blick einmal über den gesamten Arbeitsbereich schweifen, der weder ordentlich noch sauber war. Verdutzt runzelte er die Stirn. »Sie hat behauptet, sie müsste noch immer die Schulden bei Ihnen abarbeiten. Ist das richtig?«

Der Werkstattinhaber verschränkte die Arme vor der Brust und beantwortete die Frage erneut nur mit einem Kopfnicken.

»Wie hoch ist der Restbetrag?«, wollte Sandro Prause wissen. »Ich will die Summe sofort bezahlen. Meine Frau muss für NIEMANDEN …«, er schaute kurz zu Hedda hinüber, »… Putzarbeiten verrichten.«

Auf seiner Unterlippe herumkauend, musterte Daniel Dinkela den wütenden Ehemann. »Ich will Ihr Geld aber nicht«, antwortete er schließlich, nachdem er eine gefühlte Ewigkeit nur dagestanden hatte.

»Wie bitte?«, reagierte Sandro Prause mit einer Mischung aus Überraschung und Verärgerung. »Sie sagen mir jetzt sofort, wie viel Geld Ihnen meine Frau noch schuldig ist!«

»Ihre Frau und ich haben einen Deal. Schauen Sie sich doch mal hier um.« Er breitete die Arme aus, als wolle er die berühmte Jesus-Statue aus Rio de Janeiro nachahmen. »Ich brauche jemanden, der hier regelmäßig etwas Ordnung schafft. Behalten Sie Ihr Geld und richten Sie Ihrer Frau aus, dass ich mich schon sehr auf ihren nächsten Besuch freue.«

Die Zornesröte schoss Sandro Prause ins Gesicht. Geräuschvoll sog er die Luft durch die Nase ein und ließ sie anschließend mit einem abschätzigen Geräusch wieder entweichen. Dann zog er sein Portemonnaie aus der Gesäßtasche, zückte zwei Fünfhundert-Euro-Scheine und knallte sie auf die Werkbank. »Das wird ja wohl reichen«, sagte er, machte auf der Stelle kehrt und ging zu seinem Auto. Im Vorbeigehen raunte er Hedda noch etwas zu: »Sie können es bezeugen. Eintausend Euro habe ich diesem schmierigen Penner gegeben.« Dann stieg er in seinen Porsche, startete den Motor und fuhr mit quietschenden Reifen davon.

»So ein Idiot«, kommentierte Daniel Dinkela den Auftritt des aufgebrachten Ehemannes. Er schien immer noch Schwierigkeiten damit zu haben, seine Wut unter Kontrolle zu halten.

Woher hat der so viel Geld?, wunderte Hedda sich, die einen guten Blick auf das aufgeklappte Portemonnaie von Sandro Prause hatte werfen können. Die beiden lilafarbenen Scheine, die er dem ledernen Geldbeutel entnommen hatte, waren nämlich bei weitem nicht die einzigen Fünfhunderter, die er bei sich trug. *Dafür, dass seit 2019 keine Fünfhundert-Euro-Scheine mehr ausgegeben werden, hat er aber ganz schön viele davon*, dachte Hedda argwöhnisch.

39. Kapitel

Die Reportage

Nervös schaute Antje Grummer auf die Uhr. 20:48 Uhr. *Sandro müsste längst bei seinem Stammtisch sein.*

Sie ging zur Terrassentür, schlüpfte in ihre Gartenschuhe und trat hinaus ins Freie. Mit geschlossenen Augen stand sie einen Moment lang da und ließ die kühle Abendluft durch ihre Lungen strömen. Für das, was sie vorhatte, würde sie all ihren Mut aufbringen müssen.

Ihr Garten war durch einen schmalen Zugang mit dem der Prauses verbunden. Früher hatte sie sich oft mit Gesine zum Teetrinken getroffen. Trotz des Altersunterschiedes hatten sich die beiden Frauen gut verstanden, viel miteinander geredet und gelacht. Doch all das endete, als Antje Grummer es eines Tages gewagt hatte, die Art, wie Sandro Prause seine Frau behandelte, allzu deutlich zu kritisieren.

Seitdem grüßte Gesine Prause sie nur noch, wenn es sich überhaupt nicht vermeiden ließ. Gemeinsame Teenachmittage, Plauderstunden und selbst ein kurzer Smalltalk an der gemeinsamen Hecke waren seither Geschichte. Verstehen konnte Antje Grummer es bis heute nicht, aber aus irgendeinem Grund musste ihre Nachbarin ihren Mann lieben, obwohl er sie meist vollkommen herablassend behandelte.

Das Verhältnis zu Sandro Prause hatte sich hingegen überhaupt nicht verändert. Die taffe Rentnerin ging davon aus, dass seine Frau ihm nie etwas von ihrem Streit erzählt hatte. Er war zwar nicht übermäßig freundlich zu ihr, behandelte sie aber meist respektvoller, als er es mit seiner eigenen Ehefrau tat.

Mit einem entschlossenen Schritt überwand sie die Grundstücksgrenze. Der Garten der Prauses war mit zahlreichen Bäumen, Büschen und Sträuchern wundervoll angelegt. Für die Gartenarbeit hatte Gesine wirklich ein Händchen. Durch den Sichtschutz, den die Vegetation bot, musste Antje Grummer keine Angst haben, von irgendjemandem entdeckt zu werden. Was sie vorhatte, sollte niemand mitbekommen. Das ging einzig sie und Gesine etwas an.

Langsam näherte sie sich dem Hintereingang. Durch das große Wohnzimmerfenster konnte sie erkennen, dass ihre Nachbarin auf dem Sofa saß. Sie hatte ihr den Rücken zugewandt und konnte sie daher nicht sehen. Im Fernseher lief gerade eine Reportage über die Missstände in der Massentierhaltung. Doch Gesine Prause schien mit etwas ganz anderem beschäftigt zu sein.

***

Hedda und Enno saßen im Auto und hatten den Empfänger auf dem Armaturenbrett abgestellt. Seit Sandro Prause gegen 20:30 Uhr das Haus verlassen hatte, um zu seinem Stammtisch zu gehen, übertrug die Wanze nur noch die Stimmen, die offensichtlich aus dem Fernseher zu kommen schienen.

»Sollen wir abhauen?«, fragte der ehemalige Polizist seine Freundin. Er glaubte nicht, dass an diesem Abend noch etwas Aufregendes passieren würde.

»Ich weiß nicht«, seufzte Hedda. Einerseits war sie todmüde und wollte am liebsten mit ihrem Freund auf dem Sofa kuscheln, kurz fernsehen und dann früh ins Bett gehen. Andererseits war sie mittlerweile felsenfest davon überzeugt, dass die Prauses der Schlüssel zum Mordfall Eddy Heinrich waren.

»Der Typ sitzt in der Kneipe. Wer weiß, wann der wieder nach Hause kommt.« Enno gähnte. Auch er war hundemüde. »Außerdem ist er dann mit Sicherheit angetrunken und wird, wenn überhaupt, nur noch irgendeinen Mist von sich geben.«

»Oder aber der Alkohol lockert seine Zunge und er erzählt uns endlich etwas über Eddys Tod oder zumindest darüber, woher das ganze Geld in seinem Portemonnaie stammt, wo er doch angeblich Finanzprobleme hat.« Diese Hoffnung gab bei Hedda den Ausschlag, doch noch länger auf den nicht gerade komfortablen Autositzen ausharren.

»Na gut«, seufzte Enno, zog eine Thermosflasche mit Kaffee aus der Mittelkonsole und goss sich etwas davon in den Deckel, der gleichzeitig auch als Becher fungierte.

***

Ich muss das jetzt durchziehen, begann Antje Grummer ein inneres Selbstgespräch. *Ich habe schon viel zu lange gewartet. Wer weiß, wie viel Zeit mir überhaupt noch bleibt. Und selbst wenn es zwischen uns nie wieder so wird wie früher, so muss ich ihr doch wenigstens beichten, dass ich für den verwüsteten Garten, die zerschnittene Wäsche und die verschmutzten Fenster verantwortlich bin.*

Langsam hob sie ihren Arm. Ihre Hand zitterte, als sie den Knöchel ihres Zeigefingers auf die Fensterscheibe zubewegte, um sich durch ein zaghaftes Klopfen bemerkbar zu machen. Doch kurz bevor sie das Glas berührte, ließ sie etwas innehalten. Ohne dass Gesine Prause auch nur nach der Fernbedienung gegriffen hätte, die gut sichtbar auf dem Couchtisch lag, veränderte sich plötzlich das Bild auf dem TV-Gerät. Zunächst tauchte nur ein grauer Kasten in der oberen rechte Ecke des Bildschirms auf, dann verschwanden die Schweine, die eben noch zu sehen gewesen waren und machten Platz für eine ganz andere Art von Reportage.

Hektisch beugte sich Gesine Prause vor, griff nach der Fernbedienung, die sie dann aber doch nicht benutzte. Wie gebannt schaute sie auf das, was auf dem großen LED-Bildschirm zu sehen war. Dann drehte sie ruckartig den Kopf über ihre Schulter, schaute zum Fenster hinaus und starrte dabei direkt in die tellergroßen Augen ihrer Nachbarin. Sofort schaltete sie den Fernseher aus und sprang vom Sofa auf.

Antje Grummer indes ergriff reflexartig die Flucht. So schnell ihre alten Knochen es zuließen, eilte sie auf den schmalen Durchgang zwischen den Gärten zu. Über das, was sie durch die Fensterscheibe hindurch gesehen hatte, wollte sie lieber nicht mit ihrer alten Freundin sprechen. Sie war davon überzeugt, dass dieses Gesprächsthema nicht geeignet war, um ihre erkaltete Freundschaft wieder aufzutauen.

»Antje?« Die Stimme von Gesine Prause klang aufgebracht und ein wenig außer Atem. Sie musste förmlich aus dem Haus gestürmt sein, um ihre Nachbarin an der Flucht zu hindern.

Die taffe Rentnerin blieb stehen, drehte sich aber nicht um.

»Antje, bitte! Ich kann das alles erklären.«

40. Kapitel

Die Beichte

»Du brauchst mir nichts zu erklären. Du bist eine erwachsene Frau und musst gegenüber einer alten Schachtel wie mir keine Rechenschaft ablegen.« Antje Grummers Blick war immer noch auf ihren rettenden Garten gerichtet.

»Ich möchte es aber.« Gesine Prause hatte sich ihr inzwischen genähert und stand jetzt direkt hinter ihr. Behutsam legte sie ihrer Nachbarin eine Hand auf die Schulter. Ihre Stimme klang sanft, fast schon flehend. Keine Spur von einem Vorwurf war zu hören.

Antje Grummer drehte sich langsam zu ihr um und zuckte überrascht zurück, als sie Tränen in den Augen ihrer ehemaligen Freundin bemerkte. »Was ist denn nur bei euch los?« Einfühlsam streichelte sie ihrer Gesprächspartnerin über die Wange.

»Können wir das bitte drinnen besprechen?« Gesine Prause begann zu schluchzen.

Die beiden Frauen gingen zurück ins Haus und nahmen auf genau dem Sofa Platz, auf dem Gesine Prause eben noch ganz alleine gesessen hatte. Der schwarze Bildschirm des TV-Gerätes zog die Blicke der beiden Nachbarinnen magisch an. Auch wenn auf dem ausgeschalteten Fernseher nichts zu sehen war, hatten beide doch genau die Bilder vor Augen, die vor wenigen Minuten noch zu sehen gewesen waren.

»Es tut mir leid«, brach Antje Grummer das Schweigen. »Ich hätte mich nicht einfach von hinten anschleichen dürfen. Ich wollte doch bloß …«

»Mir tut es leid«, unterbrach Gesine Prause sie mit gebrochener Stimme. Tränen rannen ihre Wangen hinunter wie Regentropfen an einer Glasscheibe.

Die Rentnerin reichte ihr ein unbenutztes Stofftaschentuch. Sie hatte mit vielem gerechnet, nachdem sie sich auf den Weg gemacht hatte, um ihre Taten zu beichten. Aber diese Situation hatte sie weiß Gott nicht auf dem Zettel gehabt.

Nachdem ihr Tränenfluss langsam versiegte, startete Gesine Prause einen neuen Erklärungsversuch. »Es tut mir so leid, dass ich nicht schon viel früher auf dich gehört habe.«

»Was meinst du?«

»Sandro meine ich«, antwortete die todunglückliche Frau. »Meine beschissene Ehe meine ich!«

Zur Beruhigung legte Antje Grummer ihre Hand auf den Oberschenkel ihrer alten Freundin.

»Du hast mir ja schon immer gesagt, dass er mich nicht gut behandelt. Aber aus irgendeinem Grund wollte ich das einfach nicht wahrhaben«, schluchzte Gesine Prause.

»Und jetzt hast du jemanden kennengelernt, der dich endlich so behandelt …« Antje Grummer stockte. Bei dem, was sie auf dem TV-Gerät gesehen hatte, war ihre Formulierung eigentlich vollkommen unpassend. »… wie du es verdient hast«, beendete sie trotzdem den begonnenen Satz. *Gesine wird hoffentlich verstehen, wie ich es gemeint habe*, hoffte sie.

»Nicht direkt«, entgegnete Gesine Prause. Es fiel ihr unsagbar schwer, über das zu sprechen, was sie gerade versehentlich von ihrem Handy auf den großen Fernsehbildschirm gestreamt hatte. »Trotzdem hat mir die ganze Sache langsam die Augen geöffnet. Weißt du, so viel Leidenschaft habe ich mit Sandro in all den gemeinsamen Jahren nicht erleben dürfen.«

»In den paar Sekunden, die ich überhaupt nur gesehen habe, ging es ja auch ziemlich zur Sache.« Anerkennend nickte sie ihrer Gesprächspartnerin zu. »Für dein Alter ist dein Körper aber auch verdammt gut in Schuss. Es gibt nicht viele Frauen deines Baujahres, die sich voller Selbstbewusstsein so zeigen können, wie Gott sie geschaffen hat.«

Angesichts der unverhohlenen Worte, die Antje Grummer verwendete, um den Geschlechtsakt, den sie auf dem TV-Bildschirm zu sehen bekommen hatte, zu beschreiben, musste Gesine Prause plötzlich lauthals loslachen. »Das ist mir so peinlich, dass du das gesehen hast«, kicherte sie hinter vorgehaltener Hand, als wäre sie wieder ein Teenager. »Dieses blöde Handy!«

»Das muss dir doch nicht peinlich sein«, lächelte Antje Grummer. »So einen gutaussehenden Typen würde ich auch gerne nochmal reiten.« Sie ahmte das Knurren eines wilden Hundes nach.

»Antje!« Mit gespielter Empörung knuffte die untreue Ehefrau ihrer deutlich älteren Gesprächspartnerin in die Seite.

»Was ist?«, reagierte die taffe Rentnerin trocken. »Nur weil ich schon über achtzig bin, heißt das noch lange nicht, dass der Anblick

erotischer Bilder spurlos an mir vorbeigeht.«
»Du machst mich ganz verlegen.«
»Und du machst mich neidisch.«
Die beiden Frauen kicherten. Auf einmal war es so, als habe es nie einen Streit zwischen ihnen gegeben.

***

»Hast du das gehört?« Mit einem feisten Grinsen auf den Lippen schaute Hedda ihren Verlobten an. »Gesine Prause hat offenbar eine sexuelle Affäre. Die Frage ist nur, mit wem?«
»Also Eddy würde ich ausschließen«, sagte Enno. »Es sei denn, Antje Grummer hat ihn auf dem Video nicht erkannt. Ansonsten hätten die beiden mit Sicherheit anders reagiert.«
»Stimmt«, pflichtete Hedda ihm bei. »So wie sie von der Leidenschaft ihres Lovers geschwärmt hat, wäre ihr sein Tod sicherlich nicht so gleichgültig, dass sie nicht einmal ein Wort darüber verlieren würde. Ich würde eher auf den Werkstatttypen tippen.«
Enno konnte sich ein leichtes Grinsen nicht verkneifen, versuchte aber dennoch, so ernst wie möglich zu bleiben. »Weißt du, was das bedeuten würde?«
»Nein«, gab Hedda ehrlich zu. Welchen Zusammenhang diese potentielle Affäre mit dem Mord an Eddy Heinrich haben könnte, hatte sich ihr tatsächlich noch nicht erschlossen.
»Das bedeutet, dass Daniel Dinkela dich tatsächlich nicht angelogen hat. Er scheint wirklich nicht auf so junge Dinger wie dich zu stehen!« Schützend hielt er die Hände vor seinen Oberkörper und rutschte so dicht wir möglich an die Fahrertür seines Polos heran. Dennoch konnte er die folgende Attacke seiner Freundin nicht abwehren.
»Du fieser Blödmann!«, schimpfte Hedda lachend, während sie versuchte, ihn unter den Armen zu kitzeln.
Nachdem sich die beiden ein wenig im Auto gekabbelt hatten, dachten sie darüber nach, welche Konsequenzen sie aus ihrem neu gewonnenen Wissen ziehen sollten.
»Vielleicht sollten wir Karsten fragen, ob er uns Zugriff auf das Handy von Gesine Prause verschaffen kann«, schlug Hedda schließlich vor.

»Du willst ja nur den Sexfilm sehen«, zog Enno sie erneut auf.

»Der Film interessiert mich weniger.« Die junge Ermittlerin streckte ihrem Freund die Zunge raus. »Aber ich will wissen, wer der männliche Hauptdarsteller war. Schließlich kommt ja neben Eddy Heinrich und Daniel Dinkela auch ein uns noch vollkommen unbekannter Mann infrage.«

41. Kapitel

Videoanalyse

»Ihr seid ja dieses Mal wirklich lästig«, lachte Karsten, als er Heddas Anruf entgegennahm.

Die junge Ermittlerin entschuldigte sich, für die erneute Störung seines Urlaubs, kam dann aber sofort zur Sache. »Wir brauchen dringend Zugriff auf Gesine Prauses Handy. Kannst du sowas?«

»Ob ich sowas kann?«, wiederholte der IT-Profi die Frage. »So langsam müsstest du mich doch kennen, oder?«

Hedda schmunzelte. Seit Karsten mit Miriam eine Beziehung führte, war er viel lockerer geworden. »War auch nur eine rhetorische Frage«, entgegnete sie lachend.

»Ihr habt Glück, ich stehe gerade in Norddeich am Hafen und warte auf meine Koffer. Ich habe die letzte Fähre genommen, die wegen eines technischen Defekts aber erst eine Stunde später ablegen konnte. Ich kann in etwa einer halben Stunde bei euch sein.«

***

Etwa eineinhalb Stunden später saßen alle drei in Karstens Lieferwagen, den sie noch gut von ihren Ermittlungen in Norddeich kannten. Während die Finger ihres Kollegen in einer wahnsinnigen Geschwindigkeit über die Tastatur des Laptops flogen, versuchten Hedda und Enno, auf dem Monitor irgendetwas zu erkennen.

»Findest du das Handy nicht?«, fragte Enno besorgt.

»Bin längst drin«, antwortete Karsten, ohne dabei die Augen vom Bildschirm zu lassen. »Mein Programm prüft gerade den Inhalt des Handyspeichers auf pornografische Inhalte.«

»Ist es dasselbe Programm, mit dem du auch schon in Norddeich gearbeitet hast?«, wollte Hedda wissen.

»Fast. Selbstverständlich habe ich es in der Zwischenzeit noch verbessert.« Wie bei einem Tennismatch flogen Karstens Augen immer wieder über den Monitor. »Das könnte es sein.« Er tippte auf eine Zeile, die aus Buchstaben, Zahlen und einigen Sonderzeichen bestand.

»So sieht also Pornographie für Computernerds aus«, konnte sich Enno einen spaßigen Kommentar nicht verkneifen.

»Sehr witzig«, entgegnete der ›Computernerd‹, drückte eine Zahlenkombination auf dem Ziffernblock seiner Tastatur und bestätigte diese mit der Enter-Taste. Wie von Geisterhand verwandelten sich die kryptischen Zeichenfolgen auf dem Monitor in ein Video. »Ist das jetzt Porno genug?«, fragte er Enno, nachdem auf dem Bildschirm zwei halb entkleidete Menschen zu sehen waren, die hemmungslosen Sex miteinander hatten.

»Wusste ich es doch!«, triumphierte Hedda, nachdem sie eindeutig Gesine Prause und Daniel Dinkela erkannt hatte.

»Das ist in der Werkstatt, oder?«, fragte Enno.

»Ja«, bestätigte Hedda. Sie kniff die Augen zusammen und beugte sich näher zum Monitor.

»Dann hat Gesine Prause die Rechnung für den Porsche wohl doch nicht mit Putzen bezahlt«, grinste ihr Freund.

»Ich frage mich, von wo aus das Video aufgenommen worden ist?«

»Das Bild wackelt auch ganz schön«, murmelte Enno. »Kannst du nochmal ganz zum Anfang spulen?«

Karsten drückte ein paar Knöpfe und das Video startete von vorne.

»Habt ihr gesehen?«, fragte der ehemalige Polizist und tippte wie wild auf den Monitor. »Spul nochmal zurück und drücke gleich zu Beginn auf Pause!«

»Wie wäre es mit einer Zeitlupe«, schlug Karsten vor und ließ den Clip mit verlangsamter Geschwindigkeit erneut von vorne beginnen.

»Jetzt!«, schrie Enno aufgeregt und gab ihm ein Zeichen, das Bild einzufrieren.

»Was ist das?«, fragte sich Hedda und begutachtete den hellgrauen Strich, der den Monitor in der Mitte zu teilen schien.

»Das ist das Metalltor, mit dem man den Zugang zum Hinterhof absperren kann«, erklärte Enno ihr. »Wer auch immer das gefilmt hat, er muss sein Handy durch das geschlossene Gittertor hindurchgestreckt haben.«

»Du meinst, die beiden wurden heimlich gefilmt?«, fragte Karsten.

»Sieht zumindest danach aus«, sagte Hedda. »Aber wie ist dann das Video auf das Handy von Gesine Prause gekommen?«

»Vielleicht war es der Sohn von diesem Tattoo-Opa«, sprach Enno seinen ersten Verdacht laut aus. »Vater und Sohn scheinen in sexuellen Dingen ja ohnehin häufiger zu kooperieren.« Bei dem Gedanken daran, dass Daniel Dinkela mit Hedda geflirtet hatte, nur um ihre Handynummer später an den Sohn weitergeben zu können, musste er den Kopf schütteln.

»Oder irgendwer hat versucht, Gesine Prause mit dem heimlich aufgenommenen Sexfilm zu erpressen«, mutmaßte Hedda. »Karsten, kann man herausfinden, wie der Clip auf das Handy von Gesine Prause gelangt ist?«

Ein müdes Lächeln war seine einzige Antwort auf diese Frage. Sofort machte er sich an die Arbeit. Nur wenige Minuten später schien er fündig geworden sein. »Das Video wurde über WhatsApp übermittelt. Anschließend wurde die Datei in einen anderen Ordner verschoben und der Chat wurde gelöscht.«

»Kannst du den Chatverlauf wieder sichtbar machen?« Fragend schaute Enno seinen Kollegen an. An dessen Gesichtsausdruck konnte er jedoch sofort erkennen, dass er seine Worte korrigieren musste. »Mach mal schnell den Verlauf wieder sichtbar«, sagte er bewusst flapsig.

»Schon besser«, lachte Karsten und haute erneut in die Tasten.

Nur wenig später konnten die drei Mitglieder der Geheimeinheit das ursprüngliche Chatprotokoll lesen.

»Das gibt es doch nicht«, kommentierte Enno das Gelesene.

»So langsam wird aus den Puzzlestücken ein Gesamtbild«, sagte Hedda.

42. Kapitel

Das erste Geständnis

Hedda und Enno hatten Jörg über die neuesten Erkenntnisse informiert. Nachdem auch er das Sexvideo und den wieder hergestellten Chatverlauf gesichtet hatte, beschloss er, der Familie Prause als offizieller Kriminalermittler einen Besuch abzustatten.

Gesine Prause war allein zu Hause. Nachdem sie den Leiter der Geheimeinheit in die Küche gebeten hatte, erläuterte dieser ihr kurz, dass er wegen des vermeintlichen Suizides von Eddy Heinrich mit ihr sprechen wollte. Dann legte er ihr das Chat-Protokoll vor.

Eddy: Ich habe hier ein Video von dir. Du siehst heiß aus!
Gesine: Woher hast du das?
Eddy: Ich bin dir gefolgt, als du mit dem Porsche weggefahren bist.
Gesine: Du bist was? Warum?
Eddy: Ich wusste, dass Sandro dich niemals damit fahren lassen würde.
Gesine: Warum hast du das Video gemacht?
Eddy: Ich habe die ganze Zeit auf der Zufahrt zur Werkstatt auf dich gewartet. Ich wollte mit dir reden, dich fragen, ob ich dir irgendwie helfen kann. Als ich dann gesehen habe, dass der Mechaniker das Gittertor geschlossen hat, habe ich mir Sorgen gemacht. Ich hatte Angst um dich. Ich konnte durch das Tor nicht in die Werkstatt gucken. Darum habe ich meinen Arm durch die Gitterstäbe gehalten und ein Video gemacht. Als ich die kurze Sequenz kontrolliert habe, wusste ich, dass du nicht in Gefahr warst. Ganz im Gegenteil.
Gesine: Dein Video geht 12 Minuten!
Eddy: Die Versuchung war einfach zu groß. Beim zweiten Mal habe ich die Aufnahme einfach laufen lassen. Du siehst ja angezogen schon super aus, aber nackt ... WOW!
Gesine: Wirst du das Video Sandro zeigen?
Eddy: Nein! Ich will aber das Gleiche, was der Mechaniker hatte.
Gesine: Wie meinst du das?
Eddy: Seit ich dich kenne, träume ich davon, mit dir Sex zu haben. Ich werde bald sterben. Wenn du mir diesen letzten Wunsch

erfüllst, würde ich meinem besten Freund auch die Wahrheit vorenthalten.
Gesine: Wenn ich dir beim nächsten Mal die Wäsche mache, bleibe ich etwas länger, okay?
Eddy: Ich kann es kaum erwarten!

»Wir wissen, dass Sie am Abend vor Eddy Heinrichs Tod bei ihm zu Hause waren, um ihm die Wäsche zu machen«, sagte Jörg, nachdem die Verdächtige das Chatprotokoll zu Ende gelesen hatte.

Gesine Prause schluchzte. »Das stimmt«, bestätigte sie mit kraftloser Stimme.

»Was ist an diesem Abend noch passiert?«

Wie ein Häufchen Elend sackte die Verdächtige immer tiefer in sich zusammen. »Eddy hat mich mit diesem Video erpresst«, begann sie zu erzählen.

»Sie meinen das Sexvideo, das Eddy Heinrich von Ihnen und Daniel Dinkela gemacht hat?«

Vor Scham ließ Gesine Prause den Kopf auf die Brust sinken. Ihr Nicken war dadurch kaum zu erkennen. »Natürlich wusste ich, dass Eddy auf mich steht. Immer wenn wir zusammen gefeiert haben, hat er mich so angesehen, wenn mein Mann nicht in der Nähe war.« Sie schnappte nach Luft und trank einen Schluck Wasser. »An diesem Abend hatte ich wirklich vor mit Eddy zu schlafen, damit er meinen Seitensprung nicht verrät. Aber er war nicht nur äußerst …« Sie dachte kurz über eine Beschreibung nach, die nicht zu abschätzig klang. »… unattraktiv, sondern roch auch häufig sehr stark nach Schweiß. Ich habe ihn deshalb in die Badewanne geschickt.«

Aufmerksam lauschte Jörg ihren Worten. »Und dann?«, fragte er, nachdem er das Gefühl hatte, Gesine Prause stünde kurz davor, wieder die Fassung zu verlieren.

»Ich bin zu ihm ins Bad. Der Raum war sehr klein. Neben Duschwanne, Toilette und Waschbecken gab es kaum Platz. Ich stand daher direkt vor ihm.« Sie schluckte schwer, rang sichtlich mit den Tränen. »Er saß bereits in der Wanne, schaute zu mir herauf und hatte wieder diesen Blick. Es war nicht besonders viel Wasser in der Wanne. Mit der Hand hat er seinen …« Das letzte Wort blieb ihr förmlich im Halse stecken.

»Schon gut«, sagte Jörg. Er konnte sich auch so denken, was der

Verstorbene mit seiner Hand gemacht hatte.

»Ich hatte gehofft, ich könnte mich überwinden, wenn er mich wenigstens nicht mehr so ansehen würde«, berichtete Gesine Prause weiter. »Darum habe ich ihn gebeten, die Augen zu schließen, damit ich ihn überraschen kann.«

»Überraschen? Womit?«

»Er hatte sich von mir gewünscht, dass ich Dessous anziehe.« Wieder musste Gesine Prause einen dicken Kloß hinunterwürgen.

»Hat er es gemacht?«

Mit zusammengepressten Lippen nickte die Verdächtige zustimmend. Mit jedem weiteren Wort schien es ihr schwerer zu fallen, die Fassung zu bewahren. »Er saß da, mit geschlossenen Augen, in seiner Hand hielt er noch immer …« Sie schlug die Hände vor das Gesicht und wurde von einem heftigen Weinkrampf geschüttelt.

Jörg gab ihr Zeit, um sich wieder zu beruhigen. Als ihr Tränenfluss zum Stillstand gekommen war, übernahm er das Sprechen für sie. »Und dann haben Sie den Föhn aus dem Schrank genommen, den Stecker in die Dose gesteckt, den Föhn eingeschaltet und ihn ins Wasser geworfen?«, mutmaßte er.

Gesine Prause schüttelte den Kopf, schluckte, nahm noch einen Schluck Wasser, schluckte erneut und begann dann, mit krächzender Stimme zu sprechen: »Der Föhn lag schon eingestöpselt da. Eddy hatte immer ziemlich lange und schmierig glänzende Haare. Ich glaube, er hat sich extra für mich an diesem Abend die Haare gewaschen.« Wieder vergrub sie ihr Gesicht in den Händen und weinte bittere Tränen. »Ich kann Ihnen nicht sagen, wie es passiert ist. Ich sah den Föhn auf dem Waschbeckenrand und schon im nächsten Moment sah ich Eddys Körper leblos in der Wanne liegen.«

»Was haben Sie dann gemacht?«

»Ich bin einfach nur abgehauen. Zuhause habe ich dann auf das Eintreffen der Polizei gewartet, aber niemand kam.«

»Haben Sie Ihrem Mann von der Tat erzählt?«, wollte Jörg wissen.

»Nein, niemand weiß davon«, entgegnete Gesine Prause so vehement, dass Jörg ihr sofort glaubte. »Alle haben gedacht, Eddy habe sich wegen seiner Krebserkrankung das Leben genommen.«

»Würden Sie mich zur Polizeiwache begleiten und dort noch

einmal alles zu Protokoll geben?« Mitfühlend schaute Jörg die vollkommen in sich zusammengesunkene Frau an. Er glaubte ihr, dass sie den Mord nicht geplant hatte.

Wie ein Geist erhob sie sich von ihrem Stuhl. »Es wird endlich Zeit, dass Richtige zu tun.« Kraftlos wankte sie in den Flur.

In diesem Moment öffnete sich die Haustür. Als Sandro Prause in das blasse Gesicht und die verheulten Augen seiner Ehefrau schaute, wusste er sofort, dass irgendetwas nicht stimmte. »Was ist hier los?«, wandte er sich an den unbekannten Mann. »Was haben Sie hier zu suchen?« Mit einer Mischung aus Besorgnis und Vorwurf schaute er wieder seine Frau an.

»Ich bin von der Polizei. Ihre Frau hat gerade gestanden …«, wollte Jörg erklären, wurde jedoch sofort von den wütenden Worten ihres Mannes unterbrochen.

»Du hast es der Polizei erzählt?«, schrie Sandro Prause seine Frau wütend an.

»Ich dachte, Ihr Mann weiß nichts von dem Mord?«, reagierte Jörg überrascht.

43. Kapitel

Das zweite Geständnis

Vollkommen verunsichert schaute Gesine Prause zwischen den beiden Männern hin und her. Sie besaß weder die Kraft noch die Nerven, um das Missverständnis zwischen ihnen aufzuklären.

»Mord?«, fragte Sandro Prause seine Frau verwundert. »Was faselt der da von einem Mord?«

»Ihre Frau hat gerade den Mord an Eddy Heinrich gestanden«, unterbrach Jörg das Zwiegespräch der Eheleute.

»Du hast …« Sandro Prause schlug sich die Hand vor den Mund, als wolle er so verhindern, das Gehörte noch einmal zu wiederholen. Aus weit aufgerissenen Augen schaute er seine Frau ungläubig an.

»Es stimmt«, flüsterte Gesine Prause mit kraftloser Stimme. »Ich habe Eddy umgebracht.« Sie ließ das Kinn auf die Brust sinken und schaute fortan nur noch auf ihre Schuhe. Den Blick ihres Mannes konnte sie einfach nicht ertragen.

»Was dachten Sie denn, was Ihre Frau uns erzählt hat?«, fasste Jörg nach.

»Was?« Sandro Prause schaute den angeblichen Polizisten an, als habe er seine Anwesenheit gerade zum ersten Mal wahrgenommen.

»Sie haben vorhin ›Du hast es der Polizei erzählt?‹, zu Ihrer Frau gesagt. Was meinten Sie damit?« Jörgs Stimme wurde bestimmter.

Vollkommen unerwartet sank der Mitbegründer des Greetsieler Zeittalers auf die Knie. Wie ein Betender kauerte er auf dem Boden und schaute mit gesenktem Kopf zu Boden. »Das ist alles meine Schuld«, begann er vor sich hin zu murmeln. »Wenn ich doch nur nicht diesen Brief geschrieben hätte.«

Plötzlich erwachte Gesine Prause aus ihrem abwesenden Zustand. »Wenn du mich besser behandelt hättest, wäre es niemals zu der Affäre mit dem Kfz-Mechaniker gekommen«, schrie sie ihren Mann wütend an.

Überrascht blickte Sandro Prause zu seiner Frau auf. »Du hast eine Affäre mit diesem Typen aus der Werkstatt?«

Die Mörderin von Eddy Heinrich war so in Rage, dass sie auf die Frage ihres Mannes überhaupt nicht einging. »Eddy hat mich beim Sex mit Daniel gefilmt und mich mit dem Video erpresst. Auch er wollte schon seit Jahren mit mir in die Kiste.«

Die Lippen des betrogenen Ehemannes bewegten sich zwar, aber er war nicht in der Lage, auch nur ein vernünftiges Wort herauszubringen. Seine Gedanken schossen wie Flummis durch seinen Kopf, kollidierten immer wieder miteinander, kamen aber nie wirklich zum Stillstand, sodass er nach ihnen hätte greifen können.

»Zwei Männer haben mich begehrt. Etwas was DU«, sie legte in das letzte Wort all den unterdrückten Hass der letzten Jahre, »schon sehr lange nicht mehr getan hast.« Sie machte einen energischen Schritt auf ihren am Boden kauernden Mann zu.

Instinktiv machte Jörg einen Schritt nach vorne, um Gesine Prause im Notfall zurückhalten zu können. Die Frau schien für ihn in einem emotionalen Ausnahmezustand zu sein, in dem er ihr alles zutraute.

»Dennoch trage ich ganz alleine die Schuld an Eddys Tod. Hätte ich mich doch nur schon eher von dir getrennt.« Sie schüttelte den Kopf, als könne sie es selbst nicht fassen, dass sie diesen Schritt nicht schon längst vollzogen hatte.

Unerwarteterweise füllten sich Sandro Prauses Augen mit Tränen. »Ich war für dich wohl wirklich nicht immer ein guter Ehemann«, sagte er mit brüchiger Stimme. »Aber so unglaublich es klingt, ich habe dich immer geliebt.« Hoffnungsvoll suchte er den Augenkontakt mit seiner Frau. Doch die schien plötzlich wieder vollkommen woanders zu sein.

Die dramatische Szene, die sich direkt vor seinen Augen abspielte, machte Jörg sprachlos. Dennoch wollte er jetzt unbedingt wissen, was ihr Mann glaubte, dass Gesine Prause gebeichtet haben könnte. Aber auch für ihn schien sie nicht wirklich ansprechbar zu sein. Darum wandte er sich erneut dem Mitbegründer des Greetsieler Zeittalers zu. »Was haben Sie gedacht, hätte Ihre Frau erzählt?«, fragte er, verwendete dieses Mal aber eine eher einfühlsame Stimmlage.

Aber auch Sandro Prause schien gerade in seiner ganz eigenen Welt gefangen zu sein. »Hätte ich doch nur nie diesen Brief geschrieben«, murmelte er erneut.

»Meinen Sie den anonymen Brief, den Sie an die Zeitung geschickt haben?«, fragte Jörg.

Geistesabwesend nickte der am Boden zerstörte Ehemann.

»Sie haben demnach doch selbst geglaubt, dass Eddy Heinrich keinen Suizid begangen hat. Wen hatten Sie denn in Verdacht?« Jörg wollte sich nicht darauf versteifen, immer wieder danach zu fragen, was Gesine Prause aus der Sicht ihres Mannes verraten haben könnte. Vielmehr hoffte er, dass sich dies von ganz allein ergeben würde, wenn er das Gespräch erst einmal ins Laufen gebracht hatte.

»Vitali«, murmelte Sandro Prause. Er schien sich schon wieder in seine Gedankenwelt zurückzuziehen.

»Vitali, wer ist Vitali?« In der Hoffnung, den Befragten dadurch in die Gegenwart zurückzuholen, sprach er bewusst lauter, schrie fast.

»Ein osteuropäischer Mittelsmann, dem mein Mann persönliche Informationen aus der Kundendatei des Greetsieler Zeittalers verkauft hat«, mischte sich Gesine Prause plötzlich wieder in die Befragung ein.

Daher hatte er also das Geld für die Autoreparatur. Und darum hat er auch seinen Porsche nicht verkauft, dachte Jörg, der sämtliche Informationen im Vorfeld von Hedda und Enno bekommen hatte. »Was hat dieser Vitali mit den Kundendaten gemacht?«

»Er hat versucht, die Leute abzuzocken.«

»Wie?«

»Er hat sich als Enkel, Erbonkel oder Testamentsvollstrecker ausgegeben. Hat den Polizisten gespielt und die gutgläubigen alten Leute vor den kriminellen Machenschaften ihrer Hausbanken gewarnt.« Gesine Prause spie die Worte aus, als habe sie gerade etwas total Ekeliges gegessen.

»Und warum hat Ihr Mann geglaubt, dieser Vitali könnte Eddy umgebracht haben?«

»Er hat mich erpresst«, meldete sich jetzt wieder Sandro Prause zu Wort. »Ihm reichten die Daten aus unserer Kundendatei nicht mehr aus. In Greetsiel hatte er schon genug Leute abgezockt. Er meinte, weitere Fälle im Ort wären zu auffällig. Darum hat er verlangt, dass ich das Modell des Greetsieler Zeittalers auf die ganze Krummhörn ausweite.«

»Aber Sie wollten nicht?«

Sandro Prause schüttelte den Kopf. »Ich wollte aussteigen, habe ihm gedroht, zur Polizei zu gehen. Aber das hat ihn nicht beeindruckt. Er meinte, er habe Kontaktleute bei der Polizei. Wenn er herausfinden würde, dass ich ihn verpfeifen wollte, würde ich das bitter bereuen.« Nervös kaute er auf seiner Unterlippe herum. »Dann starb plötzlich Eddy. Ich wusste gleich, dass es kein Selbstmord war. Eddy war vielleicht todkrank, aber ich kannte ihn, das hätte er niemals getan.«

»Sie vermuteten also, dieser Vitali habe Ihren Freund getötet, um Sie unter Druck zu setzen?«

»Darum habe ich ja auch diesen komischen Brief geschrieben. Ich hatte gehofft, durch den Druck der Presse würde die Polizei in der Sache vielleicht doch noch ermitteln. Durch die merkwürdigen Formulierungen hätten die Beamten schnell darauf kommen können, dass ich den Brief geschrieben habe. Greetsiel wimmelt nicht gerade vor ehemaligen DDR-Staatsbürgern.«

»Sandro, bleib bei der Wahrheit!«, ermahnte ihn Gesine Prause streng.

Erschrocken schaute der Mitbegründer des Greetsieler Zeittalers seine Frau an. Er seufzte, holte tief Luft und wandte sich wieder Jörg zu. »Falls es mit der Aufnahme der Ermittlungen durch die Polizei nicht geklappt hätte, hatte ich gehofft, der Zeitungsartikel würde mir helfen, den Zeittaler auch in den Nachbargemeinden zu etablieren.«

»Damit Sie auf diesem Wege doch Vitalis Forderungen nachkommen können«, zählte der Leiter der Geheimeinheit eins und eins zusammen.

Sandro Prause schaute zu seiner Frau hinüber, die entschlossen zurückschaute, die Augen schloss und ihm auffordernd zunickte.

»Ja, genauso war es.«

Epilog

Seit ihrer Rückkehr aus Greetsiel waren bereits wieder einige Wochen vergangen. Hedda und Enno saßen im Wohnzimmer ihrer Wilhelmshavener Wohnung. Während der Kopf der jungen Ermittlerin hinter ihrem Laptop verschwunden war, versteckte Enno sich komplett hinter der ausgebreiteten Tageszeitung.

»Sandro Prause steht in der Zeitung.« Überrascht schaute er auf.

»Echt jetzt?« Wie bei einem Springteufel tauchte Heddas Gesicht hinter ihrem Laptop auf.

Enno las nun laut vor. »Trickbetrüger-Bande gefasst! Ehemaliger Komplize hilft der Polizei. Am gestrigen Montag ging der Polizei eine Trickbetrüger-Bande ins Netz, die schon seit längerem im Küstenort Greetsiel und dem näheren Umland ihr Unwesen trieb. Über regionale Kontaktmänner besorgten die Verbrecher sich Informationen über ihre potentiellen Opfer und setzten diese dann geschickt ein, um sich deren Vertrauen zu erschleichen. Gemäß Aussage der Polizei erbeuteten die Täter in der Region auf diese Weise mehr als achthunderttausend Euro. Doch ein Rentner aus Greetsiel, der ebenfalls persönliche Daten an die Bande übermittelt hatte, wechselte nach seiner Verhaftung die Seiten und half den Beamten dabei, die aus Osteuropa stammende Gruppe auffliegen zu lassen.«

Ein trauriges Lächeln huschte über Heddas Gesicht. »Dann hat Sandro Prause ja anscheinend doch noch die Kurve gekriegt.« Seufzend musste sie an Gesine Prause und Eddy Heinrich denken. »Leider nur zu spät.«

Enno legte die Zeitung zur Seite, ging zu seiner Verlobten hinüber, umschlang ihren Oberkörper von hinten und drückte ihr einen Kuss auf die Wange. »Was machst du da eigentlich?«

»Ich erweitere meine Präsenz in den sozialen Medien«, antwortete Hedda. »Der Krimens-Verlag hat mich gebeten, medial etwas aktiver zu werden, bevor mein zweiter Roman erscheint. Darum habe ich mir für mein Autorenpseudonym entsprechende Konten bei Facebook, Instagram und Twitter angelegt.«

Neugierig betrachtete Enno den Monitor. »Soll das dein neues Profilbild werden?«

»Gefällt es dir nicht?« Verunsichert neigte die junge Autorin ihren Kopf. Als ihre Freundin Gesa für ein paar Tage zu Besuch in Wilhelmshaven war, hatten sie ein paar Fotos mit maritimen Hintergründen gemacht. Da die junge Ermittlerin aufgrund ihrer geheimen Ermittlertätigkeit nicht erkannt werden durfte, war sie auf allen Bildern nur von hinten zu sehen. Die Ablichtung, die sie ausgewählt hatte, war am Strand von Hooksiel entstanden und zeigte ihre Silhouette im Gegenlicht der Sonne.

»Doch, das Bild sieht toll aus, aber …«

»Was aber?« Dass ihrem Verlobten das Foto nicht genauso gut gefiel wie ihr, verunsicherte Hedda.

»Na, ja. Du siehst da so …«, Enno warf einen erneuten Blick auf das Foto, »… sexy aus.« Durch den starken Farbkontrast des hellen Hintergrundes zu ihrem dadurch sehr dunkel wirkenden Körper, traten Heddas weibliche Kurven deutlich hervor.

»Du sagst das so, als wäre das nichts Gutes.«

»Das Bild ist großartig«, druckste Enno herum. »Mich stört nur ein wenig, dass dich deine Leser genauso ansehen könnten, wie ich es tue.«

Erleichtert streichelte Hedda ihrem Freund über die Arme, die sie immer noch fest umschlungen hielten. »Mach dir keine Sorgen«, sagte sie lächelnd, meine Leser werden mein wahres Ich ja niemals zu Gesicht bekommen. Zufrieden drückte sie mit dem Mauszeiger auf den Button, mit dem das Foto hochgeladen wurde.

»Und was machen wir jetzt?«, fragte Enno.

»Ich hätte Lust, eine Folge ›Hochzeit auf den ersten Blick‹ zu gucken«, schlug Hedda vor.

»Aber ich habe unsere Wette doch gar nicht verloren«, legte der ehemalige Polizist sein Veto ein.

»Ich auch nicht«, entgegnete die junge Autorin. »Trotzdem habe ich mir am Wochenende mit dir das Werder-Spiel angesehen.«

»Na gut«, gab Enno lächelnd nach. »Aber weißt du, was wir eigentlich vorher noch gut machen könnten, wo du gerade am Laptop sitzt?«

Ahnungslos zuckte Hedda mit den Schultern.

»Wir haben doch während der Ermittlungen in Greetsiel beschlossen, zeitnah auf eine einsame Insel zu fahren.«

»Stimmt! Ein beschauliches Fleckchen Erde ohne Leichen, das wäre traumhaft.«

»Was hältst du hiervon?« Enno tippte einen Namen in die Suchleiste der Suchmaschine ein und betätigte die Enter-Taste.

Nachdenklich betrachtete Hedda die angezeigten Bilder. »Als einsame Insel würde ich das jetzt nicht gerade bezeichnen.«

»Ich habe mich letztens mit einem Streetworker-Kollegen aus Ostfriesland unterhalten. Er war mit seiner Frau Anfang Dezember dort. Die Insel soll quasi menschenleer gewesen sein.«

»Anfang Dezember?« Hedda schüttelte sich. »Ist das nicht viel zu kalt?«

»Quatsch!« Enno machte eine wegwerfende Handbewegung. »Und falls uns nach einem schönen langen Strandspaziergang doch die Knie schlottern sollten, wird danach einfach heiß geduscht?«

»Zusammen?«, fragte Hedda mit eindeutig zweideutiger Stimme.

»Selbstverständlich«, antwortete Enno und gab ihr einen innigen Kuss.

In diesem Moment ahnten die beiden noch nicht, dass auch dieser Urlaub alles andere als nach Plan verlaufen sollte.

ENDE

Ostfrieslandkrimi-Empfehlungen des Klarant Verlages

Kennen Sie auch schon die anderen Bände der Ostfrieslandkrimi-Serie **»Hedda Böttcher ermittelt«** von Thorsten Siemens?

»Tod in Neermoor«, Band 1
Taschenbuch-ISBN: 978-3-95573-782-5
eBook-ISBN: 978-3-95573-783-2

Im beschaulichen Neermoor wird eine grausam verstümmelte Leiche gefunden. Hedda Böttchers kriminalistischer Spürsinn wird geweckt und hartnäckig macht sie sich auf Spurensuche. Als kurz darauf ein weiteres Mordopfer gefunden wird, liegt der Verdacht nahe, dass man es mit einem Serienkiller zu tun hat. Aber welche Verbindung gibt es zwischen den Opfern? Die Polizei tappt im Dunkeln und auch Hedda kommt mit ihren Ermittlungen nicht wirklich weiter. So ist das sportliche Großereignis in Neermoor, die Ostfriesland-Olympiade, eine willkommene Abwechslung. Doch dann schlägt der Täter ein drittes Mal zu und Hedda gerät in tödliche Gefahr ...

»Tod auf Langeoog«, Band 2
Taschenbuch-ISBN: 978-3-95573-861-7
eBook-ISBN: 978-3-95573-863-1

»Tod in Norddeich«, Band 3
Taschenbuch-ISBN: 978-3-95573-915-7
eBook-ISBN: 978-3-95573-916-4

»Tod in Emden«, Band 4
Taschenbuch-ISBN: 978-3-95573-972-0
eBook-ISBN: 978-3-95573-973-7

»Tod am Nordseestrand«, Band 5
Taschenbuch-ISBN: 978-3-96586-060-5
eBook-ISBN: 978-3-96586-054-4

»Tod am Kap Norderney«, Band 6
Taschenbuch-ISBN: 978-3-96586-142-8
eBook-ISBN: 978-3-96586-143-5

»Tod in Leer«, Band 7
Taschenbuch-ISBN: 978-3-96586-181-7
eBook-ISBN: 978-3-96586-182-4

»Tod in Greetsiel«, Band 8
Taschenbuch-ISBN: 978-3-96586-256-2
eBook-ISBN: 978-3-96586-257-9

Klarant Verlag

Lernen Sie die Ostfrieslandkrimi-Titel des Klarant Verlages kennen und besuchen Sie uns im Internet unter:

www.ostfrieslandkrimi.de

und

www.klarant.de

Sie können dort Näheres über unsere Autoren erfahren, viele weitere interessante Bücher und eBooks finden und Leseproben herunterladen. Mit dem kostenlosen Newsletter auf

www.ostfrieslandkrimi-lesen.de

erhalten Sie aktuelle Informationen rund um das Verlagsprogramm, wie beispielsweise spannende Neuerscheinungen und Gewinnspiele.